YOUR FORMA

Electronic Investigator Echika and the Dream of the Crowd

菊石まれほ

MAREHO KIKUISHI

【插畫】——野崎つばた

Illustration Tsubata Nozaki

U0082362

# 記憶縫線

## 電索官埃緹卡與群眾的夢

3

Kadokawa Fantastic Novels

——如果能潛入妳的腦海
該有多好。

哈羅德．W．
路克拉福特

Harold W. Lucraft

世界上僅有三具的超高性能「RF型」阿米客思。流落街頭的時候被刑警索頦收留，培養出罕見的觀察眼。擔任埃緹卡的電索輔助官。

## 埃緹卡・冰枝

Echika Hieda

擁有超乎常人的資訊處理能力，以全世界最小的年紀擔任電索官的天才。受哈羅德的開發者萊克希博士託付了「RF型的祕密」，因此陷入苦惱。

眞希望我能
進到你的思緒裡——

「……我真的很笨呢。」
乾燥得幾乎刺人的風輕撫著比加的髮絲，
陽光在她的髮飾上跳躍。
「——就算想幫上別人的忙，
到頭來我還是只懂得這種做法。」

比加
Bigga
生活在挪威的「機械否定派」居住地區，
身為薩米人的少女。從事生物駭客這項家
族事業，同時也擔任電子犯罪搜查局的民
間協助者。

SYSTEM ALERT
SPECIAL REPORT
〈持有槍械已違反國際AI運用法第十條。〉
〈請即刻拋棄。〉
EXPAND
我已經不想再失去了。
——爲什麼？

對於她，邏輯似乎
早已無法成立。
——某種事物彷彿即將瓦解。

YOUR FORMA

Electronic Investigator Echika and the Dream of the Crowd

# CONTENTS

# 記憶縫線 YOUR FORMA 3

## 電索官埃緹卡與群眾的夢

菊石まれほ

【插畫】——野崎つばた

Kadokawa Fantastic Novels

TEN NO REAL, NO FAKE

LOG IN

Help · About TEN · Contact us · Premium Offer · TEN Communities · Hot Topics

rending Today

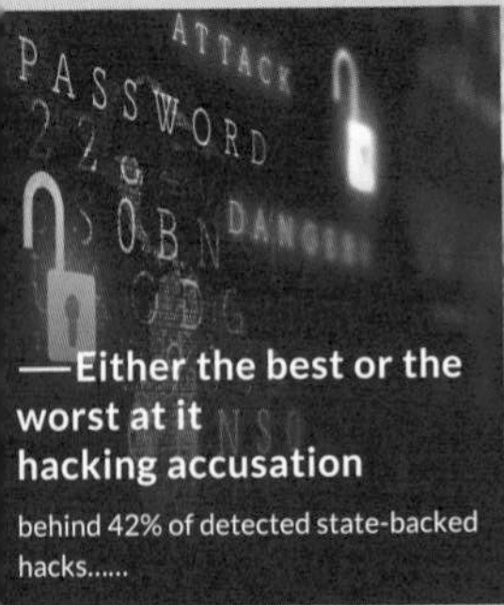
—Either the best or the worst at it
hacking accusation
behind 42% of detected state-backed hacks......

Norway Tax Reform
Norway will sign global corporate tax deal and they will soon incre......

Long bewaited Comic book!
"Your Forma" has been beautifully comicalized by talented Yoshinori......

## TEN PREMIUM

Why don't you want to catch up with the world?
Yes, you can do so any time, and any where! For more information⇒

Try Now

Help
About TEN
Contact us
Premium Offer
Communities
Hot Topics
Careers
Press
Advertise
Security Terms
Content Policy
Privacy Policy

TEN Inc ©2024. All rights reserved

Popular posts Hot New

r/somethingreal · Posted by E/BrainPeeker 12 hours ago

知覺犯罪案件的嫌疑人伊萊亞斯·泰勒使用YOUR FORMA操縱了人們的思想。電子犯罪搜查局明知如此，卻加以掩蓋。
敵人十分強大。不過，各位的智慧必定能帶來勝利。

1.3k Comments Share Save

r/somethingreal · Posted by E/BrainPeeker 12 hours ago

追求真相吧。

# 序章——面具

自己早已開始懷疑自己。

明知是錯誤卻仍無法放手的感情，究竟會有多麼醜陋的名字呢？

六月。

肯特郡的阿士福特是位於英格蘭東南部的寧靜城鎮。這裡與倫敦那樣的大都會不同，建築物的設計都顯得十分保守。在陰天之下，從開往私立監獄的巴士中往外眺望，只能見到屈指可數的行人。

埃緹卡這麼提起，萊克希・薇洛・卡特博士便淡淡地說道：

「畢竟這裡是個清幽小鎮嘛。就算有觀光客造訪，也會馬上轉乘開往萊伊的車。」

位於阿士福特郊外的私立監獄，會客室就像單調的自助餐廳——整齊排列的桌子邊有幾位女性受刑人正在跟訪客低聲交談。站在牆邊的獄警用老鷹般的銳利眼神監視著所有人。

「可是電索官，我實在沒想到妳會來。真虧搜查局願意批准呢。」

萊克希看起來比接受判決時還要消瘦一點，原本的長髮被剪得很短，露出了耳朵。

她脖子上的項圈型網路絕緣單元是受刑人專用的款式，據說如果沒有多名獄警的ＩＤ認證，就無法取下。

「我並沒有向搜查局提出申請。我是運用假日，單純以『朋友』的身分來訪。」

「那妳還真有心……說出來妳大概也不意外，其實妳就是我的第一個訪客。」博士一臉無聊地交換蹺起的長腿。「我都忘記家人已經跟我斷絕關係了。要不是艾登被捕，他大概會第一個來見我吧……別介意，我只是開個玩笑。」

兩個月前——發生在倫敦的ＲＦ型相關人士襲擊案由於主導開發ＲＦ型的萊克希博士與她的舊識艾登．法曼被捕，終於落幕。

萊克希被依綁架、殺人未遂、違反國際ＡＩ運用法等多項罪名起訴，在法庭上被判處十五年的有期徒刑。從上個月底開始，她進入這座專門收容女性受刑人的私立監獄服刑。

「對了，艾登的判決出來了吧？」

「據說他被判了十三年的有期徒刑。」

法曼當時被萊克希槍擊，受了重傷。後來他雖然復原，卻像變了個人似的，再也不提「ＲＦ型的祕密」。不論是在偵訊還是出庭時，他始終像一具燃燒殆盡的空殼——埃緹卡有時候會想，萊克希是不是不只消除法曼的機憶，同時也對他施行了其他處置。

不過，埃緹卡沒有勇氣再背負更多祕密，所以至今仍問不出口。

「幸好他的刑期比我短一點。」萊克希說得很諷刺。「不過電索官，真高興妳願意把我當朋友。我們交情這麼不單純，甚至不足以用朋友來形容呢。」

埃緹卡偷瞄了獄警一眼。對方似乎聽不到這裡的對話。

「博士，請原諒我自稱是妳的朋友，我想說的是……」

「我知道妳來見我的理由。妳是特地來告知自己有保守祕密吧？真守規矩。」

ＲＦ型相關人士襲擊案在外界掀起了相對的風波。另一方面，ＲＦ型的祕密仍然沒有曝光。不只是諾華耶機器人科技公司與國際ＡＩ倫理委員會（IAEC），就連電子犯罪搜查局及大眾媒體，都沒有任何人察覺到搭載在他們身上的「祕密」。

那個祕密——神經模仿系統是重現人類的腦神經迴路的系統，別說是倫理委員會的審查標準，它甚至無法通過道德的考驗。畢竟ＲＦ型的黑盒子深不見底，使他們連敬愛規範的本質都能看穿。

「你們後來有分析馬文的屍體嗎？」

「有的，是安格斯室長分析的。」埃緹卡點頭說道。「除了博士妳所寫的失控程式碼，似乎沒有找到其他異常。雖然一部分的原因是我誤射馬文的頭部，導致大部分的系統損毀，無法修復……」

「妳的行為屬於正當防衛，而且反而幫了大忙。」
「現在才這麼問有點晚，妳是預料到事情會變成這樣，才對史帝夫和馬文加上失控程式碼嗎？」
「我覺得多留幾條後路總是比較好。雖然那已經是以前的事了。」萊克希看著周圍的訪客。「哈羅德過得怎麼樣？他還好嗎？」
「他跟以前一樣，看起來好像什麼都沒有發現。」
「如果他真的沒察覺，就表示妳擺撲克臉的技術更高超了。對了……」她的視線回到埃緹卡身上。「事實上，今天妳表現得相當沉著。妳是不是開始接受心理諮商了？」
「不，我沒有接受特別的治療。」
「是喔。」
萊克希瞇起細長的眼睛，但沒有繼續追問下去——對話暫時停頓，埃緹卡垂下目光。不知道是從哪裡來的，桌上有一隻螞蟻在爬。埃緹卡不經意地用視線追逐牠，萊克希的手就伸了過來。
纖長的手指毫不猶豫地壓死了螞蟻。
淡淡的汙漬黏在桌面上。
「對了……博士。」埃緹卡生硬地延續話題。「妳把頭髮剪掉了呢。」

「是啊，因為很礙事。真虧我以前能留得那麼長。」

「請問這裡的生活如何呢？」

「因為有很多讓我感興趣的人，我過得還算開心。雖然遲早會膩。」

「要待上整整十五年的話，確實……」

「不過，玩樂也要適可而止。我還有其他該做的事。」

「我聽說受刑人也是很忙的。」

「嗯。話說，我一直在想——」萊克希的低語聽起來彷彿事不關己。「妳為什麼不惜做到這個地步也要瞞著哈羅德？明明就可以跟他坦白。」

埃緹卡語塞。「那是因為……」

「妳該不會是擔心說出來會破壞你們之間的信賴關係吧？」

埃緹卡舔了下脣——如果只是破壞信賴關係，那還算好的。

實際上大概會發生更難以挽回的事。

埃緹卡不知道萊克希了解到什麼程度，不過哈羅德當初會想當電索輔助官（Belayer），是為了找到殺害索頌這位恩人的凶手。雖然埃緹卡並沒有直接從本人口中聽說，如果達莉雅說過的話沒錯，那麼事實就是如此。

他決心總有一天要復仇。

假如他發現埃緹卡知道真相，恐怕會擔心遭到阻撓而有所戒備。實際上，若要問埃緹卡能否坐視哈羅德殺害人類，她也無法肯定地點頭。

最重要的是，哈羅德本身應該也不希望埃緹卡懷抱這個祕密。

埃緹卡是自己選擇要背負的。

所以，她不希望哈羅德感到有負擔。

而且——萬一他得知一切，說不定會從自己面前消失。

「……因為我沒有其他適合的輔助官。」埃緹卡靜靜地這麼答道。「他是不可取代的搭檔，所以我不能隨意破壞他的信任。」

「我真搞不懂妳到底是勇敢還是膽小。」

「因為阿米客思的想法難以預料……我總得謹慎一點。」

「人類的想法也差不多難懂吧。」萊克希一臉懶散地撐著臉頰。「不過啊……如果妳改變心意了，想揭發真相也沒關係。」

埃緹卡一瞬間沒聽懂萊克希所說的話。

「——咦？」

「我當然希望妳不會那麼做，我自己也打算保守祕密到底。」博士理性地繼續說道。「只不過，我暫時無法與外界接觸。換句話說，就算妳受不了罪惡感的苛責，我也沒辦法扶持或是制止妳。」

埃緹卡藏不住臉上的困惑。比誰都更想保護哈羅德──保護RF型的人應該是萊克希才對。為此，她甚至背負了一項又一項的罪名。

明明如此，她為何突然這麼說？太令人錯愕了。

「博士，如果妳是在擔心我，請放心。是我自己決定要這麼做的──」

「這也是個原因，但其實是因為我在不久前發現，那大概『沒什麼大不了的』。」

「……這話是什麼意思呢？」

「就是字面上的意思。妳無法理解也沒關係。」

萊克希丟下一臉困惑的埃緹卡，乾脆地從位子上站了起來。這個舉動是在暗示會面已經結束了。注意到這一點的獄警正要走過來。

「等等，請再解釋得詳細一點……」

「電索官──」博士低頭望著埃緹卡的表情冷漠得判若兩人。「下次再見。」

於是，萊克希跟著獄警走出了會客室。她頭也不回──只在離開的時候吹走了指尖上的螞蟻屍體。

到底是什麼意思？

剛才那是她的真心話嗎？

她真的認為神經模仿系統只是「沒什麼大不了」的東西嗎？

埃緹卡暫時維持坐在椅子上的姿勢，無法動彈。

離開監獄，抵達附近的阿士福特國際車站時，天空開始下起了小雨。

埃緹卡坐在月臺的長椅上，伸手去拿口袋裡的電子菸——然後又作罷。相對地，她打開放在腿上的波士頓包，拿出棒狀的醫療用ＨＳＢ調理匣，插進後頸的連接埠。它會透過YOUR FORMA調節腦內的神經傳導物質，主要用於心理健康的臨床治療。

埃緹卡彎下身體，抱住包包。

——那天，自己做了錯誤的選擇。

在艾爾芬斯頓學院的研究室，法曼試圖揭發哈羅德的系統碼時，自己根本不該阻止他。當時應該讓他將一切都攤在陽光下。身為一個搜查官，如果能選擇正確的道路該有多好。

然而——即使能夠重新來過，自己一定還是會再做出相同的選擇吧。

化膿般不斷膨脹的愧疚感，有時候會讓埃緹卡喘不過氣。

好詭異。

不只是違反法律的事。

連自己不惜做到這個地步也要保護哈羅德的感情都令她害怕。

埃緹卡稍微咬緊牙關——話雖如此，特地來見萊克希一面也是愚蠢的行為。自己究竟想得到什麼？難道是覺得見到想法不同但目的相同的她，心情上就會比較輕鬆嗎？真是白跑一趟，結果只是讓自己心中的迷霧變得更濃罷了。

——『如果妳改變心意了，想揭發真相也沒關係。』

這句話實在令人難以置信。埃緹卡希望這只是她委婉地表達慰問的方式。

但願下次見面的時候，她會這麼告訴自己。

〈來自比加的語音電話。〉

突然間，YOUR FORMA跳出來電通知。埃緹卡緩緩抬起頭——對喔，今天已經滿一週了。明明約好要聯絡她，自己卻完全忘了。

『冰枝小姐？』電話一接通，耳邊便響起她那惱怒的聲音。『真是的，請在固定的時間打電話給我！妳不是答應我要報告自己的身體狀況嗎？』

「抱歉，我忘記設定YOUR FORMA的行事曆了……」

『那也應該用自己的頭腦記住啊。』她說得太有道理，埃緹卡無話可說。『那些畢竟是非正規的調理匣。我當然是從值得信賴的生物駭客那裡拿到的，但還是有可能不適合妳的體質。』

「沒有副作用之類的情況。我現在也正在用，沒什麼問題。」

『妳有遵守用量吧？一天一次喔！』

「當然有。」

正如萊克希博士的猜想，自己擺撲克臉的技術確實變好了。

但這也是因為自己選擇欺騙大腦。

懷抱祕密的埃緹卡要瞞過哈羅德的觀察眼，除此之外別無他法——也就是使用藥物，刻意掌控自己的情緒。只要打了麻醉，任何不安與罪惡感都等同於不存在。雖然無法斷言絕對不會被看穿，卻是很有效的對策。

不能依賴正規醫療機構的理由有幾個。首先，身體健康的自己根本拿不到醫師處方的調理匣。第二棘手的是向搜查局報告的義務。國際刑事警察組織（INTERPOL）會定期閱覽所屬搜查官的個人資料，包含醫療機構的就診紀錄。這麼做是為了維持搜查機構的清廉，但根據情況，資訊可能會透過身為上司的十時流向哈羅德。

因此埃緹卡靈光一閃，想起了比加這名生物駭客。

「妳真的幫了大忙。可以的話，我想再繼續用一陣子……」

『其實妳應該坦白跟上司商量，去醫院看診的。』

埃緹卡對比加解釋過，自己是因為心理創傷才需要調理匣——在上次的RF型相關人士襲擊案中，埃緹卡遭到法曼綁架。她謊稱自己因為那次面臨生命危險所留下的陰影，直到現在都很低潮。

雖然過意不去，但自己不能洩漏「祕密」。

「我是很想那麼做，但也有很多苦衷啊。」

『原來是這樣……像冰枝小姐這樣的情況，其他電索官也常遇到嗎？』

「我也不清楚。單就電索官來說，心理創傷或許是少數。」埃緹卡配合比加的話題。「真要說的話，像是電索造成的自我混淆，或是資訊處理能力本身的降低……因為這類理由而無法繼續工作的人還比較多。」

『光是不能潛入就會被開除吧。』

「因為我們的工作就是潛入啊。根據職業適性診斷的結果，或許還能以一般搜查官的身分繼續執勤，但我也不知道自己有沒有那個資質……」在露出馬腳之前，差不多該轉移話題了。「總之，萬一我身體狀況不好的事情曝光了，就會給路克拉福特輔助官添麻煩，所以……」

『對呀，我也是因為這樣才會幫忙的！可不是因為擔心冰枝小姐——』比加說到這裡，似乎是突然驚覺到什麼，壓低了聲音。『不好意思，我爸爸好像回來了。那我先掛斷了喔。』

比加是搜查局的民間協助者這件事，與她同住且身為生物駭客的父親並不知情。比加就是所謂的「間諜」，會向搜查局報告其他生物駭客的動向。根據契約，即便對方是家人，她也不能向第三人透露這件事。

這對她而言或許是會感到內疚的行為。埃緹卡想起這一點便覺得心痛。

『我會把追加的調理匣寄到妳家，妳下週就會收到了。』

「謝謝妳，比加。」

『這也是我的工作嘛，開玩笑的。』雖然看不到臉，但比加似乎露出了笑容。『下次我去找妳的時候，妳要請我吃好吃的東西喔。』

「我一定會的……那麼，下次見。」

通話結束——吹拂而過的風中混著雨滴，感覺特別寒冷。不過，籠罩在心中的迷霧神奇地消散了，大概是因為調理匣的效果。

如果說這不是藥效，而是與比加聊天的好處，那應該會比較動人吧。

埃緹卡從後頸拔出調理匣，代表已使用的顯示條已經變成藍色。為了防止濫用，使用過的調理匣無法重複使用，回到家就得丟棄。

過了不久，列車駛進月臺。

從長椅上站起的身體輕盈得若無其事。

就連博士那句耐人尋味的話都幾乎隨之消散。

# 第一章——斷裂的線

## 1

七月。聖彼得堡的天空是風和日麗的晴天，太陽高高掛在天上。

拉達紅星在純白陽光的灼燒之下，奔馳於城市中。埃緹卡望著車窗外，把呵欠吞了回去。不過，駕駛座的哈羅德注意到了。

「冰枝電索官，妳昨晚又熬夜了嗎？」

「沒有，是因為永晝。我還不習慣，所以有點淺眠。」

這個時期，聖彼得堡是名符其實的日不落之地。就算是大半夜，天空也像是時間靜止在黃昏似的，一直都維持微亮的天色。埃緹卡以前居住的里昂雖然一到夏天，白天就會變得很長，但並不會整晚都有陽光。

「妳要不要多買一套窗簾呢？」

「我會找厚一點的。」或許是因為睡眠不足，今天的身體很沉重。「對了……被捕的犯罪集團據點很遠嗎？不知道能不能在電索票送達之前回去。」

「雖然位於郊外，不到一個小時就能抵達了，時間應該很充分。」

埃緹卡操作YOUR FORMA，開啟案件的搜查資料——我方大約從半個月前就開始協助電子藥物搜查課，四處追查電子毒品的國際買賣路線。雖然前陣子遲遲沒有進展，昨晚終於成功逮捕了嫌疑人。

過了一陣子，拉達紅星駛過聖三一橋。流過下方的藍色涅瓦河看起來相當刺眼。這條河凍結成純白色彷彿已經是很久以前的事。從這裡可以看見彼得保羅要塞的沙灘浮現在遠方。

「沙灘上已經有人了。」埃緹卡無意間低聲說道。「現在這個天氣，要游泳還嫌太冷吧。」

「聖彼得堡的夏天很短暫，而且在沙灘上也能享受日光浴啊。」

今天的哈羅德穿著輕便的夾克，造型精巧的五官還是老樣子，但抹上髮蠟的金髮似乎比平常還翹了一點。

「機會難得，妳要不要也去玩呢？」

「我上次去海邊已經是小時候的事了。話說……」埃緹卡不經意地轉頭望著他。阿米客思也側眼看了過來。「阿米客思（你們）可以防水嗎？」

「我們能承受下雨或淋浴，但基本上並不是為了在水中使用所設計的。」

「原來如此。」畢竟人類同樣沒辦法生活在水中，這也是當然的。

「換句話說——」哈羅德露出一如往常的微笑。「我可以跟妳一起在海邊散步。」

「……………我可沒那麼說。」

「哎呀，因為妳問我能不能防水，我還以為妳是這個意思呢。」

「我只是好奇而已。再說，我為什麼要跟你兩個人在海邊散步？」

「說得有道理。機會難得，我們也邀達莉雅一起來吧。」

「不對，問題不在那裡。」埃緹卡搓揉眉頭。「對了，達莉雅小姐還好嗎？」

「她很好。雖然傷口偶爾還是會痛，但精神狀態很穩定。今年應該就能結束心理治療了。」

在RF型相關人士襲擊案中，哈羅德的家人達莉雅也遭到波及而受傷。不過她的身心似乎都正在順利康復——太好了。

「請妳有空再來探望達莉雅。到目前為止，妳只來過我們家一次吧？」

「普通人才不會那麼常去同事的家呢。」

「就算妳每天都來，我也不排斥喔。」

「抵達目的地之前，我稍微睡一下好了。」

「電索官，請妳不要這麼習慣應付我。」

「我是真的睏了。」而且習慣應付你是什麼意思？「到了再叫我……」

埃緹卡這麼說著，閉上眼睛打瞌睡——多虧比加提供的調理匣，自己才能像這樣跟哈羅德正常對話。他應該沒有察覺「祕密」。

一切真的就如同從前。

平靜得可怕。

科馬羅沃是被赤松樹林所包圍的聚落，這裡與聖彼得堡市中心截然不同，連交通標誌都幾乎看不到。到了這附近，MR廣告的數量也少了許多。

被犯罪集團當作據點的別墅（達恰）就獨自坐落在樹林中。湛藍色的屋頂反射著上午的陽光，閃閃發亮。這幅景象看來悠閒，聚集在現場的好幾輛搜查用車卻毀了一切——埃緹卡與哈羅德走下拉達紅星，跟率先開始扣押證物的電子藥物搜查課的搜查官會合。

「是冰枝電索官啊，妳可以自己到處看看。」

得到認識的搜查官許可，兩人走進了達恰屋內。這棟房子共有三樓，就算有六到七個人同時居住也綽綽有餘。除了客廳與寢室以外，甚至還附設放著撞球檯的遊戲間，以及大型三溫暖（俄式桑拿）。簡而言之就是很奢華。

「這裡原本好像是蓋來租給觀光客的。」埃緹卡用YOUR FORMA瀏覽與電子藥物搜查課共享的搜查資料。「後來因為經營不善而被犯罪集團買下，當作據點使用。」

「原來如此。一般的達恰確實是比較簡樸一點。」

哈羅德邊走邊觀察室內，埃緹卡也保持距離跟了上去。埃緹卡試著靠自己的力量從屋內找出對電索有幫助的情報，卻沒什麼發現。這種情況果然還是交給擁有罕見觀察眼的他來處理比較明智。

兩人巡視了幾個房間，然後走進客廳。從窗戶可以清楚看見寬敞的庭園——那裡有一座徹底荒廢的菜園，枯萎的植物正要寂寞地回歸塵土。

哈羅德從旁說道：「這些應該是以前的經營者為了觀光客所種植的蔬菜吧。」

「你怎麼知道？」

「因為達恰這種建築本來就是指附設菜園的別墅。據說很久以前是屬於貴族的特權，但自從普及至一般民眾以後，也在蘇聯時代緩解了糧食不足的問題。」

埃緹卡學到了一課，發覺自己對這個國家的文化還是相當陌生。她駐足在窗邊，看著走向開放式廚房的哈羅德——話雖如此，室內已經被電藥課大致搜索過了，從埃緹卡的角度看來，實在不覺得這裡還有什麼有益的線索。

「有什麼東西值得當作電索的參考嗎？」

「應該有。畢竟廚房總是會訴說許多故事。」

「我家的廚房倒是很沉默。」

「我並不討厭妳這種突如其來的玩笑喔。」

「別鬧了。」我可不想聽到這麼認真的感想。

「達莉雅以前到了夏天也很勤於照顧菜園。」他若無其事地繼續說著剛才的話題。真是受不了。「不過她很擅長讓植物枯萎，怎麼樣都種不起來。」

埃緹卡用聳肩來回應。「達莉雅小姐也有達恰嗎？」

「雖然不如以前，但大多數國民都有喔。」

「你也有去過嗎？」

「有的。不過這兩年都一直放著不管，那裡應該積滿灰塵了吧。」

兩年──也就是說，自從索頌去世，達莉雅就不再造訪達恰了。埃緹卡想起自己上次電索她的時候感覺到的絕望。摯愛被奪走的悲傷恐怕不是能輕易痊癒的痛。

──『如果能夠抓到殺害索頌的犯人，我打算親手制裁他。』

要是僅止於悲傷，反而還算輕微的吧。

「電索官，我找到了。」

埃緹卡抬起頭──哈羅德在廚房裡揮舞手中的東西。那是一封手寫的信，看起來似乎是寄到這棟達恰的郵件。

「它被藏在櫃子和牆壁間的縫隙。」

「是喔。」埃緹卡坦然感到佩服。「還真是什麼東西都逃不過你的鼻子。」

「我對自己的嗅覺有自信。」他用完美的笑容回應。馬上就得意忘形了。「上面沒有寫寄件人的地址，但貼著瑪麗安娜的郵票。」

「所以是從法國寄來的吧。」電索的時候，這毫無疑問能當作線索。「你把那封信交給電藥課吧。我看看還有沒有其他的……」

埃緹卡環顧整間客廳——突然間，視野的角落跳出了通知。

**〈來自憂．十時的新訊息。〉**

是身在里昂總部的十時課長傳來的訊息。埃緹卡按照以往的習慣，打算先確認大致的內容，於是沒有多想就開啟訊息——

然後忍不住露出疑惑的表情。

「電索官？」哈羅德似乎察覺了異狀。「怎麼了嗎？」

「啊，沒有啦，十時課長傳了訊息過來……」

埃緹卡唸出內容以後，他也不禁眨了眨眼睛。

**〈正午召開緊急會議。所有人員務必參加。〉**

## 2

『我就開門見山地說了，知覺犯罪的搜查機密已經外流。』

國際刑事警察組織電子犯罪搜查局聖彼得堡分局——寬敞的會議室對埃緹卡與哈羅德兩個人來說，空間綽綽有餘。掛在牆上的軟性螢幕映著十時課長、以前與埃緹卡搭檔過的班諾・克雷曼電索輔助官，以及其他曾經深入追查知覺犯罪的所有成員。每個人的表情都一樣沉重。

埃緹卡他們當然也藏不住臉上的困惑。

「這是怎麼回事，十時課長？」

『你們先看這個。』

十時眉頭深鎖，操作手上的裝置——很快地，整面螢幕顯示出網頁瀏覽器。她開啟的是大型匿名論壇「ＴＥＮ」。這是歐洲各國最多人使用的論壇，一天會新增數億則討論串，貼文的數量相當龐大。換句話說，這個網站就像網路世界的地下社會。

『昨天白天，這裡出現了有問題的貼文。就是這一則。』

畫面被放大，聚焦在一則貼文上。

埃緹卡靜靜地戰慄。

【知覺犯罪案件的嫌疑人——伊萊亞斯・泰勒使用YOUR FORMA操縱了人們的思想。電子犯罪搜查局明知如此，卻加以掩蓋。

敵人十分強大。不過，各位的智慧必定能帶來勝利。】

posted by E／12 hours ago

這毫無疑問是搜查局約半年前封鎖的真相。

由於YOUR FORMA感染病毒，導致風雪幻覺與失溫症——這就是去年十二月發生的知覺犯罪的全貌。經過搜查後發現這起案件的原因並非病毒，而是擴充功能「纏」。犯人伊萊亞斯・泰勒是開發出YOUR FORMA的跨國科技企業「利格西堤」的顧問，他利用自己的職權，基於私怨犯下這起案件。

被捕前不久，泰勒對埃緹卡這麼說道。

——『我一直以來利用YOUR FORMA的最佳化(Personalize)，隨心所欲地操控員工們的思考。』

此後的搜查也驗證了這段發言。實際上，利格西堤的一部分員工確實產生了明顯的偏好變化。只不過，經過最佳化的廣告投放並不會留下紀錄，所以無法證明直接的因果關係。但是，搜查局認為泰勒確實達成了思想誘導的目的。

再加上RF型——史帝夫失控一事，重視社會穩定的國際刑事警察組織便下令將知覺犯罪列為重要機密案件。

然而——為何都已經過了半年以上，現在才發生這種事？

『重要機密案件的搜查資料應該都存放在總部的保管庫。』畫面中的班諾說道。亞麻色頭髮還是一樣梳理得相當整齊。『我實在不覺得外部人員能夠出入那裡……』

國際刑事警察組織總部的保管庫處於離線環境，裡面存放著以重要機密案件的搜查資料為首的許多機密。由於其性質，保管庫基本上是「密室」，想進入就必須取得最高指導者，也就是祕書長的許可。不只如此，保管庫必須通過生物認證才能解鎖，而且系統中只登記了大會成員，必須有兩名以上的成員同時通過認證，保全做得相當徹底。

『應該不用我多說——』十時說道。『祕書長並沒有接到進入保管庫的許可申請。當然了，大會成員也沒有協助。若要說還有沒有其他出入方法，頂多就是利用停電時的緊急解鎖系統……』

埃緹卡接著說下去：「如果局內停電，所有人當然都會察覺。」

『一點也沒錯。』

既然如此，從保管庫直接竊取搜查資料的可能性就很低了。

「那麼——」哈羅德開口說道。「除非有某位偵辦知覺犯罪的搜查官靠著自己的記憶寫下文章……否則也沒有其他可能了。」

埃緹卡也點頭。「不然就是有某個裝置殘留著資料，然後被別人破解並竊取吧。」

『我們已經排除裝置的可能性，但無法洗清有人發文的嫌疑。只不過……為此對你們所有人進行電索並不是明智的做法。理由在這裡。』

螢幕上的畫面開始捲動，顯示發文者的網路暱稱。

【E】。

埃緹卡馬上就有了頭緒——只要是偵辦電子犯罪的搜查人員，應該沒有人不知道這個名號。

『他在搜查局（我們這裡）可是名人呢。總之，這則貼文是以〈E〉的名義發表的。』

〈E〉是從大約一年半前開始在大型匿名論壇「TEN」出沒的匿名使用者，近期頻頻以極度惡質的陰謀論者之姿出現在搜查過程中。

其身分到現在仍無法鎖定。過去雖然有幾次成功逮捕嫌疑人，卻都是假借〈E〉之名的「冒牌貨」，難以追查到本人。

這是因為〈E〉的貼文都不是透過YOUR FORMA，而是透過裝置發出的。而且也會經由多個海外伺服器，或是利用殭屍病毒以第三人的裝置發文，所以無法輕易追蹤其足跡。包含總部在內，各局的網路監視課與搜查支援課都有持續合作搜查，但都只有差點逮錯人，總是抓不到對方的小辮子。

目前，將〈E〉視為單獨或團體的怪客——做出違法入侵系統等惡意行為的駭客之通稱——的看法較為有力。

他的貼文大致有兩個特徵。

一、發文時間皆為偶數日的正午。（由於討論串並沒有預約發文的功能，有可能是透過網路機器人，自動上傳預先設定好的內容）

二、貼文內容基本上都是基於反科技主義的陰謀論。

具體行為就是針對YOUR FORMA或阿米客思等科技發表沒有根據的陰謀論。例如「植入YOUR FORMA的手術會偷偷改寫基因」、「電索只是作秀的手段，即使不進行電索，政府機關也會持續審查人民的機憶」、「職業適性診斷ＡＩ的診斷結果是負責該業務的利格西堤與其他企業互相勾結所決定的」等——要列舉可說是沒完沒了。

這原本只被當成隨處可見、抱有消極思想的YOUR FORMA使用者——也就是原本屬於反科技主義者，卻為了生活不得不植入YOUR FORMA的人們——的可笑妄想，並沒有受到特別的關注。理由之一正是有人抱著好玩的心態，假冒〈E〉的名義發表零星貼文，使其言論顯得更加陳腐。然而——

『〈E〉的貼文「變得不再是妄想」，大約是從一年前開始的。他罕見地針對與科技無關的政客貪汙問題發表言論，而這件事後來也被證實了。』

以此為開端，〈E〉一口氣獲得了關注。後來雖然也有「中或不中」的差別，但大多數貼文都具有更高的可信度——愈來愈精準的陰謀論，漸漸使得冒牌貨再也沒有可乘之機。如今〈E〉已經擁有估計數千萬人的「信徒」，其中九成都是不認同YOUR FORMA的消極使用者。

而這些信徒會根據〈E〉的貼文來進行「遊戲」。

『現在〈E〉的做法是這樣的。首先，他會一如往常地發表陰謀論，然後再煽動信徒，讓他們去調查事實真相。這次也不例外。』

十時再次捲動畫面——顯示出〈E〉的下一句貼文。

【追求真相吧。】

『隨〈E〉的貼文起舞的信徒藉遊戲之名犯罪的案例愈來愈多了。最近因為貼文聲稱「英國寶石業放任遭受強迫勞動的機械否定派（盧德分子）所開採的有色寶石流入市面」，甚至有無關的珠寶店被信徒襲擊。』

顯示在螢幕上的網頁瀏覽器切換成該案件的報導。而且更糟糕的是，後來強迫勞動的事實真的曝光了。

『真不愧自稱「能夠窺視思想的人」呢。』

身為電索官（Diver）的埃緹卡覺得這番話聽起來相當可疑，但確實如此。

〈E〉宣稱「自己能夠揭穿真相，都是多虧了上天賜予的能力」。不論距離多遠、是否相識，他都能感知任何人類的思想。據他所說，「即使沒有YOUR FORMA，人類也能藉由思想的波動互相連結。自己只是能追溯這些波動而已」。

這已經是超自然的領域了。對於這一點，信徒之中意見也有分歧，有些人打從心底相信，也有些人對靈性方面的發言抱持懷疑的態度，但仍然信任〈E〉所挖出的真相，看法各不相同。但不論何者，全都相信〈E〉足以推翻遭到YOUR FORMA支配的封閉式社會，而且瘋狂地將他視為救世主。

從以前開始，埃緹卡就覺得這是一個非常危險的社群。

不過，誰能料到——知覺犯罪竟然會成為他們的目標。

「十時課長，〈E〉真的能窺視思想嗎？」哈羅德似乎難以理解。「那應該只是吸引信徒的口號吧。」

『搜查局當然也是這麼想的。』十時抱起雙臂。『根據搜查支援課的報告，大約從冬天開始，〈E〉曾經停止活動一段時間。然而自從在春天重出江湖，他的言論就變得愈來愈偏激。』

真是暗藏危險的預兆。

『總而言之，關於這件事，曾經偵辦知覺犯罪的你們必須有所認知。我想你們都很清楚要怎麼處理重要機密案件……但即便是在局內，你們也千萬不能承認這次的貼文屬實。』

會議到此結束。

在恢復單調色彩的螢幕前，埃緹卡暫時感到茫然——這幾個月來，自己一直都與令人胃痛的案件無緣，沒想到會突然碰到如此誇張的情況。

萬一泰勒的思想誘導變成眾所周知的事實，社會恐怕會陷入一片混亂。

「這下慘了。」

「的確。不過，搜查資料都存放在保管庫裡。即使信徒們開始遊戲，我也不認為他們能抵達保管庫。」話是這麼說沒錯。「電索官，電索票差不多快下來了。我們得回到工作崗位。」

「啊，嗯……」埃緹卡拖著沉重的身體，從椅子上站起來。「你說得對。」

埃緹卡與哈羅德一起離開會議室，走向偵訊室——理所當然地，自己的心情很複雜。搜查機密外洩的事也是原因之一，但搜查局下令掩蓋知覺犯罪本來就是一種不道德的行為。泰勒已經死亡，現在並沒有思想誘導的危險。不過，YOUR FORMA隱藏著這種危險性的事本來就應該公諸於世。

雖然嘴上說是為了正義，結果卻好像誤入了不義之途。

不過——相較於沒有維持社會秩序的正當理由就背負「祕密」的自己，搜查局或許正派多了吧。

「可是——」身旁的哈羅德低聲說道。「為何〈E〉只盯上電子犯罪搜查局呢？」

「什麼意思？」

「如果想抨擊知覺犯罪，不是也應該將矛頭指向利格西堤嗎？畢竟這起案件的根本原因在於YOUR FORMA的擴充功能。」

「這麼說的確沒錯。」埃緹卡搓揉太陽穴。今天的身體狀況果然還是不太好。「不論如何，那都是搜查支援課的工作。我們現在應該處理的是自己手上的案子。」

一抵達偵訊室，就可以看到四名嫌疑人各自躺在簡易床架上。這間偵訊室是分局中最寬敞的，放得下並排的床架——嫌疑人們瞪著埃緹卡他們，但因為負責的搜查官在一旁監視，他們全都保持沉默。

埃緹卡向負責的搜查官確認電索票，然後開始例行的準備工作。首先，要對每一名嫌疑人注射鎮定劑——接著，用〈探索線〉連接他們與自己的連接埠。

最後，埃緹卡將插好的〈安全繩〉(Umbilical Cord)的連接頭遞給哈羅德。

「電索官，妳還記得線索吧？」

「法國，瑪麗安娜的郵票。」

「祝妳一切順利。」他將連接頭插進左耳的連接埠。「隨時都可以開始。」

埃緹卡深呼吸，瞥了嫌疑人的臉一眼。所有人都已經徹底陷入沉睡。完全沒有問題，準備十分周全。

深呼吸。

「……開始吧。」

埃緹卡緩緩閉上眼睛。

意識傾向電子之海的感覺隨即襲來。

然後——

彷彿能燒斷神經的熱度立刻從後頸竄向頭頂。

「——唔。」

幾乎不成聲的哀號脫口而出——怎麼回事？耳朵可以聽到連接埠發出「啪嘰」的清

晰聲響。就這樣，視野化為一片純白。

一瞬間，所有的聲音與感覺都消失了。

「——冰枝電索官！」

回過神來，哈羅德正帶著焦急的表情望著自己，他的背後有偵訊室的天花板。視線與冰冷的燈光交會——天花板？埃緹卡在恍惚之中發覺自己躺在地板上。

到底發生什麼事了？

腳步聲從某處逐漸靠近。原本移動到其他房間的負責搜查官好像趕過來了。四周有人提到「醫院」、「救護車」之類的詞彙。埃緹卡被淹沒在停滯的思緒中，體會到強烈的既視感——自己曾經見過這種景象。在哪裡？在任何地方。遇見哈羅德之前，自己經歷過無數次。

沒錯。

自己燒壞的那些輔助官，全都是這個下場。

「搜查官幫妳叫救護車了。」自己好不容易才聽見哈羅德的聲音。聲音很模糊，載浮載沉的。「埃緹卡……」他的手大概在觸摸後頸的連接埠。「啊啊，妳燒傷了……」

從此以後，自己就像是被關進繭中，什麼也聽不見了。

*

「簡單來說，原因在於基本的資訊處理能力降低喔。」

微胖的男醫師一看完埃緹卡的檢查結果，便用悠閒的語氣如此宣告。

聖彼得堡市內——聯合照護中心的診療室充滿了刻意的潔淨感。埃緹卡所坐的圓椅不太穩固，搖晃得彷彿感到膽怯。

又或者是由於自己的暈眩，埃緹卡已經分不清了。

他剛才說了什麼？

「雖說是降低，以冰枝小姐的情況而言，這樣才終於變成與一般人同等的數值。」醫師一派輕鬆地說著。「妳剛才也接受過檢查了，藉由YOUR FORMA可以知道，妳並沒有腦梗塞之類的異常，腦波也在正常範圍內。之所以會失去意識，應該是因為大腦負擔一時增加所造成的過熱——」

在偵訊室昏倒的埃緹卡醒來的時候，發現自己躺在救護車內。根據簡易診斷ＡＩ，她並沒有生命危險，但為求謹慎，醫護人員還是將她送往腦神經內科進行了幾項檢查。

於是她就坐在這裡，聽著醫師用平淡的語氣當面唸出檢查結果。

基本的資訊處理能力降低。

電索官的能力降低是相當罕見的事。這與自我混淆相同，是歸類在所謂「故障」的其中一種症狀。埃緹卡過去也見過幾名同事陷入相同的狀態。

但她萬萬沒想到，這種事竟會找上自己。

實在難以置信。

自己今天的身體狀況確實不太理想。

可是——未免太突然了。

「請問……」埃緹卡勉強擠出問句。「會不會是YOUR FORMA故障，或是病毒造成的……」

「我們已經完整掃描過了，沒發現任何問題，也沒有結構上的損壞。真要說的話，頂多就是後頸的燒傷吧。連接埠短路的時候不是噴出了火花嗎？」醫師一邊操作平板電腦一邊說著。「這麼說或許有點不厚道，但這種情況就是偶爾會發生。」

這點常識，自己很清楚。可是——

「請問……」因為喉嚨堵住，埃緹卡重說了一次。「請問，原因是什麼？」

「基本上，壓力等精神上的影響是最有可能的原因。因為資訊處理能力取決於大腦的活動，每個人每一天都會變動。不過變化幅度像這次這麼大的案例，恐怕很難恢復原本的數值喔。」

埃緹卡無法正常回話。

「簡單來說，資訊處理能力就跟視力一樣，不論是誰，若是過度用眼，視力就會在感覺不到的極小範圍內下降，經過休息之後就會自然恢復了。但以電索官為例，因為是原本就特別突出的能力一口氣降低——」

埃緹卡幾乎聽不進去——如果要追究原因，的確有可能是大腦活動的變化。然而不論怎麼想，起因都是那些嫌疑人。他們是不是知道自己被捕後必須接受電索？是不是為了避免機憶曝光，動了某種手腳，對YOUR FORMA——對電索官的大腦造成傷害？

這個可能性或許很低，但也無法完全排除。

難道不是因為如此，資訊處理能力才會降低嗎？

「所以，雖然對妳這位電索官說這種話有點殘酷——」醫師推了眼鏡，望著半空。

「資訊處理能力的數值是不可逆的。不論下降多少，都不是能靠治療解決的問題……」

一股寒意緩緩逼近自己。

「——我建議妳將轉職的選項列入考慮。」

埃緹卡不記得自己後來是怎麼走出診療室的。

『總而言之，幸好妳沒有得什麼重病，冰枝。』

照護中心一樓的電話亭——木製椅子很堅硬，坐起來不太舒適。十時的全像模組坐在埃緹卡的對面，臉上浮現有些憐憫的表情。

『妳的能力真的很出眾。』她的溫柔語氣反而使埃緹卡更加焦躁。『所以我和局長都忍不住過度依賴妳……我們給妳的壓力大概比我們想像中的還要大吧。』

埃緹卡咬牙。難道連十時的想法也跟那個醫師一樣嗎？他們都認為自己是因為精神上的負擔才會失去電索能力？

「課長……」埃緹卡發出了心有不甘的聲音。「請調查那些嫌疑人的YOUR FORMA。其中或許被動了什麼手腳，足以奪走我的處理能力……」

『嗯，我也這麼想，所以交給分析小組調查過。結果已經出來了。』

「結果如何呢？」

『其中沒有任何機關。』她搖搖頭。怎麼可能。『其實妳被送醫之後，我們為了驗證，請其他電索官一個一個潛入嫌疑人。「當時電索是成立的」。』

眼前陷入一片黑暗——豈有此理。

「請問……有沒有可能是他們忽略了什麼？」

YOUR FORMA

『我也希望是如此。可是他們完美地完成了工作，嫌疑人跟這次的事情無關。』十時忽然露出與往常不同的柔和表情。『冰枝，妳一直以來真的很努力。聽我說，不幸的事有時候就是會突然造訪，任誰遇到這種情況都會不知所措——』

既然原因並不在嫌疑人身上，那就只剩精神上的不適了。

可是——不可能的。

絕對不可能有這種事。

因為——

「我並沒有那麼脆弱。」埃緹卡努力表現出堅強的態度。「而且我的壓力耐受度也比平均值高得多。這是成為電索官的其中一個條件……」

『但妳並非不會感受到壓力，畢竟妳也是人啊。』

「請回想一下知覺犯罪的事。當時就算完整掃描YOUR FORMA，也沒有檢查出任何異狀。這次一定也暗藏了什麼機關。」

『那些嫌疑人跟泰勒或史帝夫不同，沒有那麼高超的技術。』十時就像母親一般，如此勸道。『冰枝，妳還是暫時休假比較好，畢竟妳一直工作到現在。』

「我手上還有案子。」

『如果妳覺得工作比較能轉移注意力，我當然會立刻幫妳安排單位調動……』

——單位調動。

換句話說，十時已經不打算把需要電索的案件交給埃緹卡了。

基於工作性質，她轉換思路的速度也很快。可是，等一下。拜託等一下。

「課長，拜託妳。」埃緹卡再也無法忍受，作勢站起來。「請讓我調查那些嫌疑人，我下次一定能潛入。再一次就好。」

『冰枝。』

十時斷然喊道——她的臉已經變回平時的剛正表情，某種冰冷的感覺漸漸刺入內心深處。埃緹卡咬牙，緩緩坐回椅子上。

十時的嚴肅眼神暗示了一件事。

自己必須接受現實。

『妳放心吧，搜查局絕對不會開除妳。』她的聲音聽起來很遙遠。『根據職業適性診斷的結果，現在的妳具有擔任搜查官的資質。這個結果當然不是第一順位……不過，我不想因為能力降低就拋棄妳。』

「…………謝謝課長。」

『所以冰枝，我希望妳能以別的形式活用自己在電索上得到的經驗。只不過——』

如果這些話的後續能從雙手的指縫間流失，不知該有多好。

埃緹卡結束通話，走出電話亭的時候，輕柔的古典樂便包圍全身。綜合會客室擺著一排一排的長椅，不過或許是已經停止接受掛號，幾乎沒有患者——從椅子上站起的一名阿米客思朝這裡走了過來。埃緹卡無意間心想，他的容貌不論在哪裡都很引人注目。自己的感覺就像是突然作了一場惡夢。

「課長是怎麼說的呢？嫌疑人果然對YOUR FORMA動了手腳嗎？」

哈羅德用關心的語氣問道——自從埃緹卡被送往醫院，他就一路陪在身邊。不只如此，他甚至陪同進行了耗費好幾個小時的檢查。

實在令人過意不去。

「聽說跟嫌疑人沒關係。」埃緹卡努力不讓自己的聲音顫抖。「原因好像單純只是我的身體狀況不佳。呃，大概是因為……永晝讓我睡眠不足吧。」

「睡眠對人類的健康來說，確實很重要。不過，光是如此就讓資訊處理能力降低到這個地步，理論上未免太過牽強了。」

埃緹卡很清楚，也知道自己的解釋只是自欺欺人。

「總之，你得快點回去才行。」埃緹卡確認了YOUR FORMA的顯示時間，現在已經過了晚上八點。「抱歉，達莉雅小姐一定很擔心你。」

「妳不用介意。我已經告訴她，因為搜查進度落後，我今天會晚點回去。」

「……是喔。」

「我送妳回家吧。」哈羅德安慰似的微笑。「在妳接受檢查的期間，我已經從分局把拉達紅星開過來了。」

「謝謝你，但我會搭計程車回去的。」

埃緹卡一口回絕，快步朝入口大廳走去。不出所料，哈羅德追了上來。考慮到自己與他的步伐差距，不論自己走得多快都會被他輕易追上。

「電索官——」阿米客思與自己並肩而行。「至少在身體狀況不理想的時候，請妳多依賴我一點。」

「你已經替我做很多了。為了達莉雅小姐，你還是快點回去比較好。」

「我不能拋下搭檔不管。」

搭檔，是嗎？

埃緹卡沒有放慢腳步，就這麼走到室外——天空依然帶著微光，撫過臉頰的風相當沉重。車輛川流不息地通過圓環，車尾燈紅得彷彿即將融化，看起來有些血腥。

她停下腳步。

「……電索官？」

哈羅德的柔和聲音從上方落下。

埃緹卡舔了下唇。不知為何，她想起自己半年前曾一度辭去電索官職位的事——當時，自己的選擇真的很奢侈。如今的埃緹卡明白這一點。

她從來不曾想過。

自己竟然也有想潛入卻無法潛入的一天。

這明明是自己唯一的專長。

「路克拉福特輔助官。」

——『我希望妳能以別的形式活用自己在電索上得到的經驗。只不過……我打算請路克拉福特輔助官繼續擔任電索輔助官的職位。所以……』

「你已經……」

現在明明是夏天，喉嚨卻彷彿要結凍。

「……不是我的搭檔了。」

哈羅德靜靜地睜大眼睛——一輛計程車駛入圓環。引擎聲聽起來特別響亮，音色彷彿要將心臟整個絞碎。

只是錯覺。

他的精緻嘴唇試圖打開。

「——總而言之……」埃緹卡低下頭，阻止他發言。「你應該會再接到課長的詳細通知。抱歉今天給你添麻煩了，你回去時路上小心。我先走了。」

埃緹卡快速說完這番話，逃跑似的坐進停下來的計程車——哈羅德或許有挽留吧。自己一直低著頭，所以不知道。不論如何，埃緹卡想盡快獨處，否則或許連「祕密」的事都會被他察覺。

——真是窩囊。

擅自背負，擅自苦惱，擅自失去。

對於總是學不會精明的自己，埃緹卡感到厭煩。

哈羅德中途曾打來一通電話，但她沒有接。埃緹卡還記得自己直接回到公寓，才進門就一頭栽到床上。然後，她馬上把比加給的調理匣插進後頸。

轉眼間，幾乎要從體內衝出的激動情緒開始輕輕融解。

莫名沾粘在眼瞼縫隙的眼淚也同時停止。

當晚應該沒有作夢。

## 3

隔天早上。上午八點過後，天空晴朗得令人傻眼。

〈本日最高氣溫：二十三度／服裝指數D：白天穿著輕薄的襯衫即可。〉

哈羅德確認穿戴式裝置的天氣應用程式，坐進拉達紅星。照射擋風玻璃的初夏日光相當強烈，限制了他的處理能力。自己就是無法喜歡這個季節——哈羅德發動引擎，從自家公寓出發。

然後不禁重播昨晚的記憶。

十時聯絡哈羅德是他跟埃緹卡在圓環分別之後的事。

『聽說主治醫師也表示，冰枝會變成這樣是出於精神方面的原因……她最近有什麼異狀嗎？』

全像瀏覽器中的她抓亂了自己的頭髮。雖然她的表情克制得很完美，還是看得出受到不小的打擊——最看好埃緹卡能力的人就是十時，她會有這種反應也是理所當然。

老實說這對哈羅德而言也是意想不到的狀況。若要說他沒有動搖，那肯定是謊言。

「我也沒有什麼頭緒……」

『真的嗎？再怎麼微小的跡象都可以。』

哈羅德重新回顧這幾個月來發生的事——埃緹卡的狀況並沒有特別的變化。硬要說的話，頂多就是態度比以前來得圓滑一點吧。雖然令人有點在意，但哈羅德與她已經相處了一段時間，所以認為這是她稍稍信任自己的證明……

不過，自從RF型相關人士襲擊案發生後，哈羅德就對自己觀察埃緹卡的能力失去了自信。

會不會是因為如此，才忽略了什麼跡象呢？比如說，她到現在仍然對自己誤射馬文感到懊悔等等……不過，那是不可抗力。埃緹卡應該也接受了這個事實。

又或者——她是否已經知道了關於神經模仿系統的事？

以前曾消除的疑問再次浮上檯面。然而哈羅德還是不認為萊克希會提及關於系統的事，而且就算這件事透過法曼傳進埃緹卡耳裡，她也沒道理相信。假設她真的相信了，應該也會立刻告發。因為自己跟纏不同，埃緹卡沒理由替他隱瞞什麼。

不論怎麼想都想不透。

再說，哈羅德也有所顧忌。

因為如果輕率地自以為了解她，說不定會再犯下與以前相同的錯誤。

『輔助官？』經十時這麼一叫，哈羅德回過神來。『你想起什麼了嗎？』

「不……什麼也沒有。」

『這樣啊。』她深深嘆了一口氣。『畢竟，偶爾也會出現這種案例，所以我並不驚訝就是了……』

「人類的資訊處理能力與我們不同，好像是會隨時變動呢。」等待埃緹卡檢查結束的期間，哈羅德在醫療類網站上讀到了類似的資訊。「據說如果是電索官或電索輔助官，數值一旦下降就無法再恢復原狀了。」

『沒錯。因為在資訊處理能力方面，並沒有治療方法。』

據說實際上並非完全無法治療，不過，強制提高處理能力的做法會對患者的腦造成極大的負擔。即使一時辦得到，長期下來也無法持續，最終甚至會造成威脅本人健康的後遺症。過去的時代也曾有施行治療的案例，但近年來已經被法律明文禁止了。

『你們或許經常忘記，電索官這種職業總是要面臨許多風險。自我混淆就是很好的例子。』她依舊冷靜地繼續說道。『搜查局採取的方針是根據職業適性，將失去能力的電索官轉調到別的單位。以冰枝的狀況而言……應該也是一樣的結果。』

哈羅德只能茫然傾聽這番說明。

埃緹卡會被調離電索課？

系統的處理一瞬間停滯。

「那麼，我會如何呢？」

『你當然要繼續留任，「與別的電索官一起處理這次的案件」。』

哈羅德不禁微微挑動眉毛。他是第一次聽到這個消息——不過，既然要在沒有埃緹卡的情況下追查電子毒品的國際買賣路線，這也是不得已的決定。案件可不會顧慮我方的狀況。

『放心吧，新的電索官也是很優秀的人才。』十時沒有看著哈羅德。這是她感到內疚的證據。『她隸屬於總部的電索課，最近處理能力不斷上升，必須定期替換輔助官。雖然她應該還是比不上冰枝……但你的運算處理能力並不會白費。』

「新的電索官什麼時候會到這裡呢？」

『」明天就會抵達聖彼得堡分局了。既然冰枝變成這個樣子，接著就輪到她來當我們的王牌了……你就跟她好好相處吧。』

哈羅德靜靜結束記憶的播放。手握方向盤的觸感回來了——開始計算系統的負荷，數值相當高。哈羅德關掉了幾個礙事的程式。

新的電索官。

優秀得連十時都寄予厚望。

YOUR FORMA

不過——當然不可能比得上埃緹卡。

在擋風玻璃的另一頭，分局的建築物漸漸浮現。

一抵達電索課的辦公室，熟悉的喧囂便迎接哈羅德。幾十人份的辦公桌排在室內，上面各放著許多雜物。哈羅德自然而然地朝埃緹卡的辦公桌望去——她沒有裝飾辦公空間的習慣，桌上直到昨天為止，除了內建電腦的周邊設備，什麼也沒有，非常單調。

但今天早上卻不同。

桌上放著名牌包以及喝到一半的隨行杯。那是知名連鎖咖啡廳的杯子，應該是在機場買的吧。附近瀰漫著淡淡的香水味——對方是一名年輕女性。她不吝投資於時尚與奢侈品，交友關係也很良好。不吸菸。從香水的種類可以判斷她的性格是……

埃緹卡現在在做什麼呢？

這個疑問忽然湧現腦海。

別想了。

然而，思考迴路仍然繼續處理與她有關的程式。哈羅德開啟關於埃緹卡的記憶，試圖預測她的心理狀態。電索對她來說，就像是身體的一部分，失去電索恐怕就等於失去自我認同——究竟是什麼將埃緹卡逼到這個地步？而自己又為何到了現在仍然無法察覺這一點？

該停止了。

這些疑問確實必須解開，但現在還不到時候。

隨後，一名陌生的女性走進辦公室。她的五官能在大多數人心中得到「充滿魅力」的評價。接近褐色的暗金色頭髮優雅地覆蓋著纖細的肩膀，襯衫與窄裙包裹著苗條的手腳。彼此四目相交——她的臉上浮現友善的微笑。

光是她朝這裡走來的動作就跟埃緹卡完全不同。

「雖然已經聽十時課長說過了，我還是第一次見到像你這麼迷人的阿米客思。」

看來她就是自己的新搭檔。

「很高興見到妳。」哈羅德露出微笑，對她伸出手。「我是哈羅德·路克拉福特輔助官。」

「我是萊莎·羅賓電索官，請多多指教。」

她——萊莎毫不猶豫地回以握手。她的指甲是粉紅色，保養得非常仔細。

哈羅德平常總認為人類的手很溫暖，今天卻覺得有點冷。

「你的上一位搭檔好像遇上了壞事呢。」

「是的，我也非常遺憾。」

「這份工作最討厭的地方就是不管自己受到多少打擊，都還是得繼續搜查。」萊莎同情似的皺起眉頭。從這些細小的舉動就能看出她是個很懂得如何表現自己的人——哈羅德這麼想。「我們走吧，嫌疑人在等我們呢。」

她說得對，該開始工作了。

哈羅德與萊莎一起離開辦公室。走向偵訊室的期間，哈羅德不動聲色地觀察身旁的她。她的頭髮隨著步調搖晃，耳朵上戴著款式素雅的耳環。

「請問對你們電索官來說，資訊處理能力降低是經常發生的情況嗎？」

「大概一年會聽說幾個案例吧。因為電索是會對心理和大腦造成負擔的工作……」

她的視線朝哈羅德瞄了一下。「只不過，冰枝電索官竟然會變成那樣，我也很驚訝。我還以為她真的是個天不怕地不怕的天才呢。」

「妳認識冰枝電索官嗎？」

「只有在總部擦身而過幾次。電索官之中，沒有人不知道她是誰。」萊莎說到這裡，聳了一下肩膀。「不過……她應該完全不知道我這個人就是了。」

「我聽說妳就是下一張王牌，具有十分優秀的電索能力呢。」

「十時課長太抬舉我了。」

對話彷彿飄浮在半空中，顯得有些空虛。

一走進偵訊室，與昨天分毫不差的構圖便迎接兩人——室內有電子藥物搜查課的搜查官，以及躺在簡易床架上的幾名嫌疑人。萊莎與負責的搜查官稍微說了幾句話，然後依序為嫌疑人注射鎮定劑。

既然如此，就表示——

「……妳能辦到並行處理吧？」

「嗯，我是最近才開始辦得到的，雖然還不太習慣。」

然後她取出〈探索線〉與〈安全繩〉，撩起頭髮並插進後頸的連接埠——情感引擎吐出某種難以言喻的感受。但這種感受究竟代表什麼，哈羅德本身也無法理解。

無法理解的情感是從什麼時候開始增加的呢？

「——資訊處理能力持續上升真的是經常發生的情況嗎？」

「過去好像有幾個例子，但不算常見。我本來也不知道自己是那種體質，所以很驚訝。」

「那不就是所謂的『天才』嗎？」

萊莎露出安慰似的笑容。「你不用勉強自己，坦然替前搭檔難過沒關係的。」

一瞬間，系統的處理慢了下來。她的表情控制得很完美，可見只是單純表達關心而已——自己正感到難過嗎？

她接著遞出〈安全繩〉的連接頭，所以哈羅德一如往常地將左耳滑開，插進連接埠——萊莎似乎感到驚訝，但又隨即樂得揚起嘴角。

「你的連接埠設計在很棒的位置呢。」

「是的。」她並沒有說這樣很詭異。「與阿米客思一起潛入會讓妳感到不安嗎？」

「完全不會。我從小就很喜歡阿米客思，所以反而覺得很榮幸。」

幸好她是朋友派。「聽到妳這麼說，我也非常高興，羅賓電索官。」

「叫我萊莎就好，哈羅德。」

至少可以說，埃緹卡用名字稱呼自己的次數屈指可數——哈羅德這麼想。

自己究竟要想著她的事到什麼時候？

「那麼，萊莎——」自己沉穩的聲音聽起來有些奇妙。「隨時都可以開始。」

萊莎點頭，輕輕閉上眼睛。酒紅色的眼影閃著柔潤的光澤。

她一言不發。

這段沉默就是信號。

萊莎隨即開始墜落，促使系統加速處理。帶著熱度的機憶透過她，接二連三流了過來——即使搭檔不是埃緹卡，電索依然成立。這也是理所當然。她辭去工作的期間，自己不也跟別的電索官一起潛入過嗎？

事到如今又何必多想。

令人驚訝的是，萊莎的下墜速度幾乎與埃緹卡相等——系統對她傳來的機憶設定優先順序，加上標籤來管理。哈羅德一一閱覽，進行詳細的分析。靠自己的運算處理能力，足以不疾不徐地仔細調查所有資訊。

畢竟是涉入電子毒品買賣的人，他們的每一段機憶都黯淡無光。在夜店交易；透過飛機走私；他們似乎僱用了程式設計師，在上次那棟達恰裡大量生產毒品——這些機憶之中都不包含人類的感情。就像看著一部平鋪直敘的電影，哈羅德默默地處理資訊。可能需要的資訊就加上標籤，剩下的部分則全部拋棄。

忽然間，有雜訊出現。

影像頓時中斷。

——逆流。

哈羅德瞄了萊莎一眼，但她仍然雙眼緊閉，一動也不動——逆流通常只會發生在雙方的處理能力相當的時候。埃緹卡剛開始與自己一起潛入時，也經常為逆流所苦。

不過，萊莎仍維持平靜的表情——兩人很快便穿越了隧道。她再次拋出機憶。貪得無厭的嫌疑人們執著於電子毒品與大把鈔票。哈羅德一面確認機憶，一面將部分的注意力分配到其他事情上。

從剛才的逆流情況看來，萊莎的資訊處理能力幾乎能與埃緹卡匹敵。

換句話說，萊莎也跟她一樣，有可能幫助自己更快查出殺害索頌的犯人。

原來如此。

這麼一來——「什麼問題也沒有」。

自己的目的是找到殺害索頌的犯人。只要不會妨礙到這個目的，不論對象是埃緹卡還是別的電索官，該做的事終究只有一件。若要說有什麼疑慮，那就是必須重頭開始建立信賴關係——就連這一點，或許也正好對自己有利。

畢竟埃緹卡實在是不好應付。

她有太多難以預料的部分，簡直是一塊燙手山芋。

然而，系統的負荷仍然沒有完全下降。哈羅德覺得自己無法合理地思考。是因為有所動搖嗎？動搖？為什麼？

然後，巴黎的街景流了過來。一名法國男子與嫌疑人們接觸。這個人或許跟那張瑪麗安娜的郵票有關。哈羅德確實記下他們進入的建築物有什麼特徵，只要對照周圍的街景，應該就能推斷出地址。

已經夠了。

哈羅德將手伸向萊莎的〈探索線〉——然後看準時機拔出。

她的身體頓時傾斜。

因為事出突然，哈羅德的反應險些慢半拍——他趕緊扶住萊莎的肩膀以免她倒下。她的眼瞼抽搐，然後睜開。在這個距離下，哈羅德能夠清楚看見她的睫毛有多長。

「萊莎？」至少能肯定的是，埃緹卡並不會踉蹌。「妳沒事吧。」

「啊……抱歉，我總是會這樣。」萊莎露出尷尬的微笑，但還沒有要撥開哈羅德的手。「我的主治醫師說這就像是處理能力持續提高的副作用……我沒有撞到你吧？」

「完全沒有。妳感覺如何呢？」

「我還好，沒什麼大不了的。」

「也沒有受到逆流的影響吧？」

「嗯，那也是家常便飯了……」

萊莎輕輕推開哈羅德的手——然後理所當然似的從他的連接埠中拔除〈安全繩〉。或許是因為哈羅德定睛注視著她，她這才回過神來。

「糟糕，我這樣是不是太失禮了？」

萊莎對阿米客思似乎真的很友善。

這應該是一件值得高興的事。

「沒關係。」哈羅德為了讓她放心，便露出了笑容。「不管怎麼樣，今後防止妳跌

倒也是我的工作之一呢。」

「其實你讓我跌倒也沒關係，但你的敬愛規範或許不會允許吧。」

〈敬愛規範〉——尊敬人類，乖乖聽人類的命令，絕不攻擊人類。

「正是如此。要我坐視妳跌倒，對我來說恐怕很困難。」

「你真是紳士。」萊莎把手上的線收成一束。「說到電索的成果，那些嫌疑人的同夥好像在巴黎設有據點。我們可能要返回總部了。」

「是的。不過妳大老遠來到聖彼得堡，又得馬上返回祖國，真是辛苦妳了。」

萊莎突然停下手邊的動作。「……我有跟你說過，我是法國人嗎？」

「除了名字以外，從五官與發音也能得知。」哈羅德移動視線細細打量她。「妳家中的阿米客思是女性機型吧？休假的日子，妳們會一起出去散步。」

萊莎頓時睜大眼睛。她的瞳孔微微縮小——然後靦腆地笑了。

「我有從課長那裡聽說，你真的光用眼睛看就能知道很多事呢。」

「我當然不是無所不知，頂多只能了解到這個程度。」

「這樣就已經很厲害了，你真了不起！」

既然不必努力就能得到對方的青睞，那就沒有比這更輕鬆的事了，不是嗎？

## 4

阿巴特街是莫斯科首屈一指的鬧區。這個行人專用區矗立著一盞一盞的復古路燈，街上則開著整排的紀念品店與速食店等商家。許多觀光客來來去去，還能看到樂手或畫家在街頭表演的身影——埃緹卡坐在連鎖餐廳的露臺座，呆呆地望著這幅景象。圍繞著餐廳邊緣種植的矮牽牛幾乎快要枯萎了。

桌子的對面是——

「謝多夫搜查官，酸模歐姆蛋自己在家就可以做了吧，為什麼要特地來這裡點？」

「健康應用程式的助理ＡＩ叫我現在在這裡吃這個東西。」

「又來了，你每天都對YOUR FORMA言聽計從。」

「順便告訴你，佛金，你正要吃的那份鬆餅的熱量是……」

「你給我住口，不要毀了別人的早餐。」

並肩而坐的兩名年輕俄羅斯男子正在隨口閒聊——他們兩個人都是隸屬於電子犯罪搜查局聖彼得堡分局搜查支援課的搜查官。搜查支援課主要負責處理尚不需要出動電索官的案件，但基本上，這個單位會在局內需要人力的時候接手任何案件，所以有時候會被調侃是「雜務課」。

換句話說——眼前的兩人就是埃緹卡的新「前輩」。

「冰枝『搜查官』，妳真的只點那個就夠了嗎？」

纖瘦的佛金搜查官一邊切鬆餅一邊這麼問道。〈伊凡·盧基奇·佛金。二十六歲……〉——他有一副爽朗的五官，頂著很適合他的深褐色捲髮，是個與搜查官的嚴謹氣質無緣的青年。

「這樣就夠了。」埃緹卡把手邊的杯子拉到面前，大量生產的肉桂蘋果茶微微晃動。「我們正在埋伏，不適合悠閒地用餐。」

「你也應該學學她的緊張感。」體格高大的謝多夫搜查官說道。鬍渣是他的特徵，年紀似乎比佛金來得大。「佛金，你偶爾也回想一下自己還是菜鳥的時候吧。」

「你這個光明正大地吃歐姆蛋的人根本沒資格說我。」

「我相信健康應用程式，這傢伙比誰都了解我。」

「但〈E〉一定會說『健康應用程式的經營者與這家咖啡廳私下串通好了』。」佛金把鬆餅送進嘴裡。「假設一部分的連鎖餐廳企業收買了健康應用程式的經營者，只要透過應用程式宣揚自己的餐廳有益健康，客人就有很高的機率會進來用餐，於是所有相關業者都會陸續受惠。」

「我一直覺得那根本連陰謀論都算不上。做生意又不是慈善事業，這點勾結總是會有的吧。」

「就算如此，那些信徒也不會在乎。簡單來說，只要有個看似正當的理由能發洩自己的不滿，他們就滿足了。」

「這個嘛，世界上確實有一定數量的人很擅於受騙。」謝多夫吞下歐姆蛋。「所以……到底要等到什麼時候，最重要的信徒才會大駕光臨？」

沒錯——他們埋伏的目的就是為了與〈E〉的信徒接觸。

昨晚，埃緹卡再次接到了十時課長的全像電話。

『冰枝，經過會議討論，妳確定要被轉調到搜查支援課了。』十時簡單轉達了臨時大會的決議內容，然後說道：『其實搜查支援課目前正在擴大偵辦〈E〉的案件。』

埃緹卡想起幾天前召集知覺犯罪相關人士所開的緊急會議——以及〈E〉在匿名論壇的討論串寫下搜查機密的事。

【知覺犯罪案件的嫌疑人——伊萊亞斯·泰勒使用YOUR FORMA操縱了人們的思想。電子犯罪搜查局明知如此，卻加以掩蓋。】

『各局的搜查支援課至今都一直在追查〈E〉的動向，但既然搜查局被視為目標，高層便希望能夠早日查出成果。信徒們恐怕遲早會開始「遊戲」，所以我們最好能盡快揭穿〈E〉的真面目，將他逮捕。』

電子犯罪搜查局確實很有可能受到信徒的攻擊。

然而所幸他們目前還沒有什麼明顯的動作。信徒們似乎正在社群網站上熱烈討論要如何對付搜查局這個「強敵」，還沒有造成什麼實質上的損害，頂多只有幾個外行人試圖駭進搜查局卻不得其門而入——不過，假如〈E〉握有知覺犯罪的真相，我方就不能等閒視之。

埃緹卡發問了：「搜查支援課知道思想誘導的真偽嗎？」

『不，基於心照不宣的默契，他們不會過問。但是，大多數搜查官應該都不相信。我上次也提醒過了，這件事千萬不能洩漏。』

雖然是在不值得高興的情況下接手的工作，這對偵辦過知覺犯罪的自己而言，仍是很重要的案件。身體狀況也漸漸有了一點起色，幸好自己沒有選擇乖乖休假——埃緹卡這麼想。

埃緹卡將思緒拉回現實——然後將手上的杯子放回杯碟上。

「搜查官，你們真的認為信徒會來到這間餐廳嗎？」

「絕對不會錯。」佛金似乎確認了YOUR FORMA的資料。「這家連鎖餐廳在莫斯科市內就有五間分店，其他地方從昨天就相繼傳出信徒的目擊情報，但這家分店還沒有。他們下一個出沒的地方肯定是這裡。」

信徒的外表有個很容易分辨的特徵，不論是誰，一定穿戴著寫有「E」的私人物品，或是在身上的某處刺著類似的刺青。對他們來說，信奉〈E〉的行為是一種自我表現，也是一種忠誠，更是一種榮耀。

「假設我們接觸到信徒了，接下來要怎麼做？」埃緹卡坦白拋出疑問。「信徒終究只是信徒，並不知道〈E〉的真面目吧。既然要破案，重點應該在於調查〈E〉的身分才對……」

佛金與謝多夫用無言以對的表情互相使了眼色。

率先開口的人是佛金。「既然網路監視課無法從他的貼文推斷出身分，我們搜查支援課能做的事就很有限。目前光是能從信徒那裡抖出一點關於〈E〉的線索就算是幸運的了。」

「這麼做曾有什麼進展嗎？」

「妳想聽答案嗎？」謝多夫說道。「如果妳有更好的方法，歡迎提出。」

埃緹卡終究還是沒想到任何點子，只好閉上嘴巴——事實上，既然匿名論壇的貼文沒有線索，想在現實世界中追蹤他的足跡就幾乎不可能。如果貼文本身是透過YOUR FORMA發出，那就很容易鎖定，但〈E〉是透過裝置發文，還是以殭屍病毒來盜用他人的裝置。話雖如此，信徒們根本不知道〈E〉的真面目。

仔細想想就能明白，他是非常難纏的對手。

「說起來——」佛金搜查官說著，揮舞手上的叉子。「他為什麼能寫出準確度那麼高的陰謀論？既然沒有落空的貼文，那就根本不叫陰謀論了吧。」

謝多夫答道：「因為他是怪客吧。怪客能竊取世界上所有情報。」

「這麼說來，〈E〉的雇主是反科技主義者嗎？」

「這部分我們已經循線追查過了，結果不是什麼線索都沒掌握嗎？」

「也許是我們搞錯了重點，例如對方根本不是什麼怪客。」

看著佛金與謝多夫天南地北地討論著，埃緹卡喝起杯子裡的飲料。與他們倆一起用餐的這個狀況化為揮之不去的異樣感，堵塞了喉嚨。

自從在照護中心的圓環與哈羅德分別以來，已經過了兩天。

到頭來，埃緹卡還是沒有回覆他當時打來的電話。

因為連自己都不明白的困惑與恐懼，她遲遲沒有回撥電話給哈羅德。

畢竟，到底該跟他說些什麼才好？

——我正在思考多餘的事。

必須專心才行。

三人等待已久的信徒大約在一個小時後現身——是兩個二十幾歲的年輕人。他們都戴著繡有「E」的棒球帽，穿越露臺，走進店內。兩者都沒有可疑的氣息，從服裝看來就像隨處可見的運動迷。

謝多夫站了起來。「冰枝妳在這裡待命，有其他信徒來再聯絡我們。」

「我知道了。」

「佛金，站起來。你要吃鬆餅吃到什麼時候？」

「可惡，還剩一半以上耶。」

「誰叫你要『再點一份』。我早就想說了，你以後肯定會胖。」

謝多夫與佛金互相挖苦，離開餐桌——埃緹卡繼續坐在位子上，呆呆地目送他們。他們一走進店裡，立刻就去找信徒們攀談。

不過，埃緹卡還是不認為這種方法能掌握到線索。

難道沒有其他好點子了嗎？埃緹卡這麼思考，不經意朝整個露臺放眼望去——忽然注意到一名坐在角落的客人。他是一個看起來接近二十歲的青年，身材非常消瘦，從穿舊的襯衫露出的手臂相當蒼白。他好像只有一個人。

埃緹卡記得自己走進店裡的時候，他就已經坐在位子上了。

青年面前放著一杯幾乎沒喝過的咖啡。

他的手一直靜不下來，不斷摸著脖子。

——摸脖子？

哈羅德曾經說過的話忽然在埃緹卡的腦海中復甦。

——『摸脖子是緩解心理壓力的非語言(Nonverbal)行動。』

或許他透過YOUR FORMA與朋友聯繫，吵了一架；又或者是他等一下有什麼事，所以正感到緊張？理由應該多得是。

不過，實在令人放心不下。

因為青年的視線正在頻頻窺探著店內嗎？

經過一番思考，埃緹卡從座位上站起。這種時候應該相信自己的直覺。

「不好意思。」

埃緹卡一出聲，青年的肩膀就抖了一下。神經緊繃的雙眼朝她望過來——本來應該跳出的個人資料並沒有顯示。

他是未植入YOUR FORMA的機械否定派。

機械否定派的生活圈位在技術限制區域，基本上跟YOUR FORMA使用者沒有交集。他們應該偶爾也會基於某些理由來往兩地——但從他的態度看來，似乎無法斷言他沒有做什麼虧心事。

「我隸屬於電子犯罪搜查局。」埃緹卡亮出了ＩＤ卡。「麻煩你出示任何可證明身分的——」

這個瞬間，青年的手抓住了杯子。

根本無暇閃躲。

咖啡朝埃緹卡猛然灑出。所幸咖啡早已完全冷卻，然而，灑出的液體滲進了眼睛。埃緹卡不禁後退幾步——他到底在做什麼！

埃緹卡硬是撐開眼睛，便看到青年正朝店內衝過去。他手中握著不知從何處取出的小型折疊刀。

他的目標——是櫃檯的店員嗎？

「搜查官！」

埃緹卡幾乎反射性地叫道——率先反應過來的是佛金。他擋住奔跑而來的青年，流暢地扭轉對方的手臂，折疊刀因此掉落。佛金順勢把對方壓制在地——店內的客人驚聲尖叫，原本正接受盤問的信徒也目瞪口呆地佇立在原地。

真是驚險。

謝多夫立刻為青年上手銬。埃緹卡因安心而放鬆肩膀——這才察覺自己的左胸正劇烈地脈動。她勉強吐出深深的一口氣。

同時，她用手掌擦拭被咖啡沾濕的臉。觸感很黏，感覺糟透了。

受不了，真不知道這究竟是不是好的開始。

不過幾分鐘的時間，整條阿巴特街便掀起一陣騷動。警車駛入行人專用區，當地警察的警衛阿米客思也抵達現場，在餐廳的入口處拉起全像封鎖線。客人都被陸續疏散到店外，回答警員的問題。不知道是從哪裡聽到風聲的，甚至有媒體記者在附近徘徊。

埃緹卡遠遠地望著這幅景象，打開礦泉水的塑膠瓶蓋。因為想趕快把臉沖乾淨，這是她剛剛在附近的店買的。

埃緹卡帶著沉重的心情，在頭上倒轉寶特瓶。

「喂喂喂，妳也太豪邁了吧。」

埃緹卡撥掉從睫毛滴落的水，抬起頭——佛金搜查官正好露出傻眼的表情朝她走過來。在他背後，那名青年與兩名信徒被押上電子犯罪搜查局的搜查用車。

「那兩個信徒不是無關嗎？」埃緹卡用袖子擦臉。雖然連頭髮都濕透了，但太陽還

YOUR FORMA

很大，不必擔心會感冒。「他們也是青年的同夥？」

「應該不是，不過為了保險起見，我們還是請他們到案說明了。畢竟那個青年也是〈E〉的信徒。」

他說什麼？「我還以為他是一般人……你們有確認過嗎？」

「是啊，他的腳踝上有『E』的刺青。」

當地警察與謝多夫搜查官正在餐廳的露臺交談，警衛阿米客思佇立在他們旁邊等待指示。看著阿米客思那平靜得近乎完美的表情，埃緹卡的內心隱約開始躁動。

即使不願意，她仍然會想起哈羅德那張柔和的笑容。

「……那名青年是機械否定派。」埃緹卡努力維持冷靜的語氣。「他應該沒有連上網路的手段，究竟是在哪裡得知關於〈E〉的事？」

「他還不願意開口。只不過，〈E〉肯定用了什麼搜查局沒有認知到的方式來爭取機械否定派的支持。」

既然如此，姑且不論搜查是否能有進展，這確實是前所未有的收穫。

「他是俄羅斯人嗎？」

「不，從他持有的護照看來，好像是從挪威的奧斯陸來的。」佛金說到這裡，忽然開始對埃緹卡投射興味盎然的眼神。「話說回來……冰枝搜查官，妳怎麼知道那傢伙很可疑？」

埃緹卡沒想到他會這麼問，一時不知該如何回應——他的圓潤眼睛充滿單純的好奇心。曾幾何時，自己也向哈羅德問過同樣的問題。

埃緹卡至今仍不敢相信。

自己竟然再也無法擔任電索官了。

而且——竟然在不知不覺間，受那個阿米客思影響如此之深。

「單純只是……直覺。」

「身為前電索官的直覺嗎？」佛金的問題嵌進埃緹卡的心臟。他當然知道埃緹卡直到前天都還隸屬於電索課。「潛入他人腦中的感覺，我實在無法想像，但妳應該體會過不少人的感情吧？」

「……嗯，確實。」

「所以妳光是看臉，就能猜出那個人心裡在想些什麼吧。」

「也許真是如此呢。」埃緹卡舔了一下嘴唇內側。感覺好尷尬。「我先回分局了。畢竟謝多夫搜查官好像還要再花上一段時間……」

不論如何，自己並不想繼續談論這個話題。埃緹卡快步走過佛金面前——又被他輕輕抓住手臂。埃緹卡嚇了一跳，回過頭來。

「抱歉。」佛金的表情變了，看起來似乎很過意不去。「我好像說了什麼冒犯到妳的話。」

咦？埃緹卡一時之間沒有聽懂——至少對自己來說，「天才電索官」成為厭惡或好奇的對象也是理所當然，所以不知從何時開始，自己早已接受了這一點，認為這是很普通的事。

因此她不期望別人特地道歉，也不要求什麼。

但是——

「我聽說了一些傳聞。」他放開埃緹卡的手。「『天才』好像也挺辛苦的。」

「呃……」他在同情自己嗎？「為什麼你……」

「反正，我也不必擔心會被妳燒壞腦袋。」佛金打趣似的聳了聳肩膀。「總之，搜查支援課（我們這裡）不論好壞，都是一些很隨便的人，妳就放輕鬆工作吧。」

我以後不會再提電索的事了——他先補上了這句話，然後快步朝謝多夫搜查官所在的餐廳走去。埃緹卡仍然呆站在原地。

雖然不太懂，不過佛金體諒了自己的感受。

為了什麼？

難道——不為什麼，就只是如此？

手中的塑膠寶特瓶微微凹陷。

埃緹卡覺得自己好像到了現在才首度理解失去電索的意義。

原來啊。

這就是所謂的「普通」吧。

## 5

「你是在哪裡得知〈E〉的？他在機械否定派之中也有社群嗎？」

聖彼得堡分局的偵訊室——雙面鏡裡頭，剛才在餐廳被捕的機械否定派青年與謝多夫搜查官面對面。青年的手放在桌子下緊握著膝蓋，瘦弱手腕上的手銬靜靜地發光。

「根據護照的資訊，他今年十八歲。」佛金在埃緹卡旁邊這麼說道。他搖晃著老舊的折疊椅，發出嘰嘰聲。「大概才剛從高中畢業吧。」

埃緹卡站著點頭。「他的職業是？」

「只能祈禱他願意告訴我們了。」

說著，兩人將目光轉回雙面鏡。

「我不回答。」青年冷漠地回絕。「我只是做了正確的事而已。」

謝多夫的表情依然不變。「試圖攻擊無辜的餐廳店員叫作正確的事嗎？」

「他們是壞人。〈E〉什麼都知道。」

「你為什麼這麼想？〈E〉或許是錯的。」

「他才沒錯，YOUR FORMA確實毀了一切。」青年的眼睛下方有很深的黑眼圈。「你們大概不知道吧，像我們這樣的機械否定派就因為那種線，連工作都找不到。」

埃緹卡與佛金看了彼此一眼。簡單來說，那就是他的動機吧。

「原來如此。」謝多夫很冷靜。「不過，你也可以接受就業輔導。」

「那是『線人』主導的計畫，而且也會使用AI。」他用蔑稱代指YOUR FORMA使用者。「大家都說要不要植入YOUR FORMA是個人的選擇自由。我就是相信這一點，直到高中都是個機械否定派。可是當我一畢業，就落得這個下場了。」

「我能理解你的苦衷，但那可不構成攻擊別人的藉口。」

「我沒有要找藉口，只是告訴你們而已。」

「你居住的奧斯陸好像是『共生地區』吧。」謝多夫一邊閱覽資料一邊說道。「既然跟YOUR FORMA使用者生活在同一座城市，機械否定派的工作機會自然就會減少。你沒有考慮過離開城市嗎？」

「難不成這是我的錯？」

共生地區——簡而言之，就是YOUR FORMA使用者與機械否定派在同一座城市生活的區域。挪威以全世界的標準而言，技術限制區域的比例算是偏高的。為了機械否定派的國民，首都奧斯陸以「共生地區」的形式容許了生活圈的重疊。但另一方面，機械否定派要在受惠於無人機與阿米客思的都會區找到工作並不是一件容易的事。

「原來是因為這樣啊。」佛金搔了搔臉頰。「以信徒的背景而言，這樣的理由是很常見。」

埃緹卡問道：「你們以前也訊問過信徒嗎？」

「算是有點經驗了。崇拜〈E〉的信徒大多是根深蒂固的反科技主義者，或是抱著反社會思想的人，因為就業或其他問題遇到人生瓶頸的年輕人也很多。」

偵訊仍在持續進行。青年低著頭，自言自語地吐出一連串句子。

「我一定會證明〈E〉是對的。我有很多夥伴……」

「請你務必把那些夥伴介紹給我們認識。」

「我已經沒什麼好說的了。」他稍微瞪了謝多夫一眼。「你們沒辦法電索我。只要我閉上嘴巴，你們就沒轍了吧？活該。」

脫皮的嘴唇編織出一字一句詛咒般的話語。

「……我相信〈E〉。這個世界應該要變得更好。」

在這之後，青年便堅持不再開口。不論謝多夫怎麼溫柔地詢問、試著套話，或是用暗示的方式威脅，他都不為所動。

——大概到此為止了吧。

「奧斯陸是『共生地區』的話，就表示機械否定派和YOUR FORMA使用者能夠互相接觸吧。假設嫌疑人是由此得知關於〈E〉的事……」埃緹卡用手抵著下巴。「既然他說自己有『夥伴』，我認為他們應該有大規模的社群。」

「我們當然有必要找出來。只不過——」佛金嘆了一口氣。「很不巧的是，那裡連分局都沒有。但願當地警察願意協助我們。」

「確實。」埃緹卡點頭，同時想到一個點子。「對了……除了當地警察以外，我或許有門路。」

據埃緹卡的猜測——如果是「她」，應該對這方面的內情很熟悉。

值得拜託看看。

離開偵訊室的埃緹卡自己走向五樓的電索課。路上曾遇到幾個熟悉的面孔，但沒有人主動打招呼，彼此之間反而有種莫名的距離感——埃緹卡直接前往電索課長的辦公室，取得動用民間協助者的許可。

最好別在這裡待太久，趕緊回到搜查支援課吧。

她這麼想著，剛離開辦公室的時候——不禁愣住。

因為某個熟悉的阿米客思正好出現在走廊深處。很適合色澤明亮的金髮，宛如一尊藝術品的客製化機型——哈羅德正在跟一名陌生女子親暱地交談。對方是個遠觀也看得出來的美女，苗條的肢體就像附有血統證明書的貓，高雅得足以立刻登上時尚網站的首頁。埃緹卡從來沒有在分局見過她，或許是總部派遣過來的。

他們兩個人走在一起，簡直就像一幅畫。

難道她就是接替自己的電索官？

埃緹卡感到無地自容——這時，哈羅德正好結束與那名女子的對話，跟她分開。他不經意地轉過頭來，硬生生與埃緹卡對上了眼。

哈羅德的眼中閃過些微的驚訝。

——糟了。

埃緹卡背對他，落荒而逃。她現在還沒有自信能與哈羅德正常對話，於是快步離開現場，直接奔向電梯間。幸好電梯才剛到，埃緹卡毫不猶豫地快速搭上電梯，但是——

「不好意思。」

電梯門關閉之前，哈羅德竟然側身鑽了進來。

不要追上來啊——埃緹卡差點這麼脫口而出，卻又把話吞了回去。他或許也只是有事要去樓下而已，冷靜一點。

自己太焦慮了。

電梯門完全關閉以後，令人窒息的沉默襲捲而來。

埃緹卡無法正眼看著他的臉。

電梯緩緩開始移動。

「真是新潮呢。」哈羅德的語氣聽起來有點疏遠。「妳噴了咖啡氣味的香水嗎？」

自己身上似乎還有味道。「……我遇到了一點意外。很抱歉，要請你忍耐了。」

埃緹卡緊抓自己的手臂靠向電梯的角落——哈羅德肯定正在看著自己。他的視線刺向埃緹卡全身，使她冒出冷汗。

自己明明應該說些什麼的。

「——妳為什麼不接我的電話呢？」

埃緹卡用指甲抓著自己的手臂。情感的泡泡幾乎要一口氣爆開，但全都沒有化為言語，只是無聲地消逝——不過對他來說，這似乎已經是十足的線索了。

哈羅德輕輕從鼻子呼氣。當然了，他的呼吸只是在模擬人類。

「我明白妳受到了很大的打擊，所以才會擔心。可是，妳不願意接電話。」

「我只是……想一個人靜一靜。」埃緹卡咬住嘴脣內側。她實在說不出自己當時感到很難堪。「因為……我覺得你一定已經看穿我了，就跟平常一樣什麼都知道。」

因為不希望自己的懦弱被嘲笑，埃緹卡口是心非，掩飾真正的想法。

哈羅德淡淡地回答：「我以前也說過，我對妳的推測經常失準。」

「意思是你放棄觀察我了嗎？」

「不論如何，現在都已經沒有那個必要了。」

「……如果我的忽視讓你生氣了，我很抱歉。」

「我並沒有生氣。我們基於敬愛規範，總是很尊敬你們人類。」

敬愛規範——埃緹卡不禁抬起頭。

然後立刻感到後悔。

哈羅德所站的位置比想像中近多了，而且他正用沒有溫度的目光筆直望進埃緹卡的眼睛。那雙彷彿凍結湖面的眼瞳，形狀簡直比記憶中還要完美。

因為不願失去他的單純念頭，自己背負了祕密。

然而——既然已經失去了搭檔的身分，那麼做究竟有何意義？

到頭來……

自己想保護的，根本就不是他吧？

埃緹卡彷彿在內心深處找到自己一直以來懼怕的，令人毛骨悚然的某種骯髒情感。

「我問你——」如果不馬上說些什麼，自己大概會死吧。「那個……你跟新的電索官處得還好嗎？」

「託妳的福。」

「是剛才那個人嗎？」

「是的，她是萊莎・羅賓電索官。」

「這樣啊……她長得很漂亮，當電索官實在有點可惜。」

「我也這麼認為。」

「我跟搜查支援課的人也處得不錯。」好痛苦，感覺快吐了。「大家都很親切，讓我嚇了一跳。」

「那真是太好了。」他微微瞇起眼睛。「我從明天開始，要跟萊莎前往法國。」

電梯緩緩減速，抵達二樓。電梯門慢吞吞地開啟，但埃緹卡仍然留在原地。

「——法國？所以你們要去里昂的總部嗎？」

「是的。我還是隸屬於分局，但應該會暫時以那裡為據點。」

「達莉雅小姐呢？」

「因為只是暫時出差，她可以諒解。」

「是喔……為什麼要對我說這件事？」

「的確。」哈羅德別開目光，做出歪頭的舉動。「我已經沒必要向妳報告了。」

「沒錯。」

到底是怎樣？突然間，某種既像煩躁又像悲傷的不明情感湧上心頭——然而埃緹卡知道這本身是一種文不對題的情感，於是吞回喉嚨深處。

「總之，那個……你好好加油吧。我先走了。」

埃緹卡這次真的走出了電梯。該對他說的話明明堆積如山，腦中卻是一片混亂，根本理不出頭緒。

所以她才會離開現場，但是——

「冰枝電索官。」

哈羅德還是出聲挽留她——埃緹卡生硬地回過頭。

「……我已經不是電索官了。」

「那麼，埃緹卡。」

「叫我冰枝『搜查官』。我說過別叫我的名字，到底要我說幾次？」

「我並不記得妳有說過好幾次。」

「你想要我連電梯一起把你推上去嗎？」

「春天的時候，妳說過想跟我成為對等的搭檔吧。」他的眼神帶著一點責備之意，釘在埃緹卡身上。「如果妳抱著足以失去電索能力的煩惱，為什麼不跟我商量呢？」

埃緹卡握緊拳頭——這樣啊，原來這才是他生氣的原因。要求對等關係的人是自己，他的憤怒確實是合情合理。埃緹卡真心感到抱歉。

可是——自己根本無法向他坦白。

況且，埃緹卡以為自己並不煩惱，罪惡感與不安都能靠調理匣控制得很完美。因永晝而睡眠不足雖然是事實，但除此之外，她甚至想不到任何可能危害身體健康的因素。

到了現在，埃緹卡心中還是充滿了疑問。

又或者，也許她只是不願意承認自己是如此脆弱的人吧。

「我沒有什麼煩惱。」埃緹卡虛張聲勢。「真的……連我自己都不知道為什麼會變成這樣。」

「妳為何總是這樣隱瞞一切呢？」

「我沒有隱瞞。」

「埃緹卡。」

「叫我冰枝搜查官！」

幾乎要裂開的聲音響徹整座電梯間。所幸周圍並沒有人——不行了。這一整天自己原本能順利壓抑的某種感受就如激流般溢出。

「沒有好好向你說明……是我的疏失。我不夠老實，對不起。但是，我真的沒有什麼煩惱。而且就算——」

埃緹卡知道自己正打算說一些非常多餘的話。

「就算搭檔不是我，應該也不會礙到你才對。羅賓電索官想必很優秀，她也可以幫助你達成目的。只要跟她一起努力，你這次或許真的能找到殺死索頌刑警的犯人……」

「——是誰告訴妳的？」

埃緹卡閉上嘴巴。自己顯然太多嘴了。不過，這本來就沒有必要隱瞞。

單純是錯過了表達的時機而已。

「我確實對妳說過索頌的事。」哈羅德的眼睛就像失去熱度的玻璃。那雙眼睛凝固成清澈的模樣，冰冷得再也無法融化。「可是，我從來沒有說過，我是為了尋找犯人才會擔任妳的輔助官。」

看來對他來說，這件事被他人得知並不是一件值得高興的事。因為對方可能會認為自己「正受到利用」嗎？

如果真是如此，那也太遲了。

「大概在半年多前，達莉雅小姐親口告訴我的。」光是斷然吐出這番話，埃緹卡就費盡力氣。「所以……我也知道你在偵破知覺犯罪之後說的『只要和妳在一起，就可以知道自己為什麼會被搞得心神不寧』只是場面話。」

「那並不是場面話。」

「不管是不是，都不是多麼重要的理由。」

他有什麼想法呢？阿米客思很擅長壓抑感情，從臉部表情根本無法解讀他們的心思——埃緹卡再也受不了了。

「抱歉給你添了這麼多麻煩。」埃緹卡抵抗不了恐懼，滔滔不絕地說著。「呃，我很感謝你至今的照顧，祝你順利偵破索頌刑警的案子。再見。」

這次，埃緹卡迅速轉身。她以接近小跑步的速度離開現場。

心臟撲通撲通地跳著，幾乎要衝破胸口。

祝你順利偵破索頌刑警的案子？

還真敢說。

明明到時候他有可能殺死犯人——殺死人類。

然而，自己沒辦法阻止他。沒錯。埃緹卡打從一開始就什麼都辦不到——卻像個無依無靠的孩子，選擇共同背負「祕密」的道路。恐怕不是為了任何人，而是為了自己。

埃緹卡以為自己真有那麼一點成長。但是——到頭來，從緊握著纏的那天到現在，自己根本沒有任何改變嗎？就連自己對他的這份感情也不過是醜陋的「執著」？

——『可是……即使如此，你也是第一個讓我想去了解的人。』

如今，就連自己也不明白了。

怎麼也無法相信自己。

哈羅德沒有再追上來。

# 第二章——交錯的夜晚

## 1

「嗨，比加！我爸拜託我送新的調理匣過來。」

比加一打開玄關的門，名叫漢薩的少年便大聲說道。比加趕緊豎起食指——他驚覺自己犯了錯，用單手摀住嘴巴。比加回頭朝家中瞄了一眼，所幸父親等人並沒有現身的跡象。

「我爸爸昨天剛回來，要是被他知道就糟糕了。」

「抱歉。」漢薩是個不起眼的男孩，小比加兩歲。「妳說這是要寄給妳朋友的？妳明明因為克拉拉的事情被罵得那麼慘，竟然還學不乖啊。」

「幫我跟叔叔說，我有乖乖付錢。」

「不是我爸要唸妳啦，只是我個人擔心而已……」

比加從不知所措的漢薩手中接過裝著醫療用HSB調理匣的紙袋。再過一段時間就該把東西包裝好，寄給埃緹卡了——比加這麼想著，抬頭看到漢薩便眨了眨眼睛。他的脖子上纏著藍色的布條。

「漢薩，你該不會已經完成『儀式』了吧？」

「啊，嗯。昨天弄好的。」他一臉得意地觸碰脖子上的布。「好像一個星期之內都不能拿下來。這麼一來，我也是獨當一面的生物駭客了。」

「……這樣啊。」

自己都還沒呢——比加緊咬嘴唇。住在附近的漢薩從小就認識比加，雙方家人彼此都有交情。他就像弟弟一樣，跟他一起走上生物駭客之路時，比加還以為自己一定會比他更早完成「儀式」。

「恭喜你，漢薩。」

「妳也早點獨立，我們就能跟爸爸他們一樣，一起去工作了。」

比加含糊地點頭，與漢薩道別。她關上家門，嘆了一口氣。

獨立啊。

比加先將紙袋放到自己的房間，然後回到廚房——圍在桌邊的人是昨天剛從山上回來的父親丹尼爾，以及表姊妹克拉拉．李。兩人正在啜飲晚餐的水果湯。這是父親返家的日子一定會準備的料理。

「——所以，愛德等人會暫時幫忙照顧馴鹿群，但今年的虻很多，讓他們覺得負擔很重。」

「不能防止虻孳生嗎？」李這麼問道。

「因為它們會趁冬天產卵，實在無計可施。」

父親這麼說著，把湯送進嘴裡——他剛剛才將久久未刮的鬍子刮掉，所以下巴散布著一個一個紅色的點。同樣留長的栗色頭髮往後綁成一束。比加心想，差不多該幫他剪頭髮了。

自從母親去世，今年已邁入第十年。

父親也已經不年輕了。

比加一坐下，李便望了過來。「比加，是誰來了？」

「漢薩。他來還我借他的書。」比加隨口扯謊。「爸爸，你會暫時待在這裡嗎？」

「不，我明天又要出門了。我得去外地幫委託人看診。」

「咦咦？」比加忍不住噘起嘴巴。「我本來想找你一起去釣魚的……」

「欸，妳有我陪還不滿意嗎？」

「克拉拉的魚餌每次都被吃掉。」

「我現在技術已經好多了。畢竟我直到前陣子都還只會跳舞嘛。」

父親不理會比加與李的對話，開始操作桌子上的平板電腦。他會透過這臺裝置承接生物駭客的工作——以前，他們還能靠馴鹿畜牧勉強維持生計，但漸漸地，他們開始需要從事一級產業作為副業，當一切的工作都被機器人取代之後，就只能選擇成為「密醫」了。

話雖如此，對比加來說，父親從自己剛出生的時候就開始當生物駭客了，所以她對此沒什麼感覺——比加瞥了窗外一眼。放棄下沉的太陽正俯視著冷清的街道。

「欸，爸爸，你說的那份看診的工作，我能不能幫上什麼忙？」

「妳待在家裡。」父親的目光依然落在裝置上。「反正也只有夏天可以休息。到了秋天，妳又得去塞西阿姨那裡做杜歐吉了。」

「要在聖誕節的時候拿去奧斯陸賣嗎？」李說道。

「如果觀光客願意來這裡就好了，但恐怕很難。」

以前的凱於圖凱努到了七月似乎是觀光的旺季——換句話說，那是YOUR FORMA普及以前的事。自從機械否定派的生活圈被指定為技術限制區域，觀光客的人潮便幾乎斷絕，無法再帶來收入。

比加停下吃飯的手。

她當然不討厭做杜歐吉，也不討厭看家。

可是——

「……漢薩說他已經完成『儀式』了。」

「是嗎？」

「我也想早點獨當一面，成為家裡的支柱。」

鼓起勇氣說出的這句話明明是出自真心，胸口卻莫名開始隱隱作痛。

「我很高興妳有這份心。不過，妳現在應該靜下來思考。」父親瞇起與比加十分相似的綠色眼睛。「畢竟克拉拉的事情才剛過去半年。」

比加的雙手緊緊交握——自從她替李植入肌肉控制晶片，父親就一直是這種態度。比加明白，他是想以自己的方式促使女兒反省。

可是——比加有時候會懷疑真正的原因或許不是如此。

她懷疑父親是不是已經發現自己在擔任電子犯罪搜查局的民間協助者。

雖然這應該只是杞人憂天。

得到愈多時間，內心就愈是忍不住思考多餘的事。

比加是真心想成為獨當一面的生物駭客。可是，這實在稱不上正當的生活方式。只不過，她也很清楚世界上有些東西就是必須視而不見。

母親肯定也會說出同樣的話吧。

比加茫然望著在水果湯中搖曳的燈光，憶起亡母的容貌。

＊

〈現在氣溫：二十度。服裝指數D，穿著一件長袖襯衫即可。〉

高速列車(Flytoget)從奧斯陸加勒穆恩國際機場朝城市奔馳——車內稍嫌擁擠。潔淨的車窗外，將景色一分為二的藍天與耕地不斷飛逝。埃緹卡用手撐著臉頰，眺望耕耘機留下的痕跡。

在聖彼得堡分局見到哈羅德之後過了一個晚上——或許是多虧比加的調理匣，心情並沒有特別低落。真是諷刺。自己一開始明明是為了瞞過他的觀察眼，才開始使用調理匣的。

哈羅德已經動身前往法國了嗎？

——別想了。

現在應該思考的是〈E〉的案件。

如果在莫斯科的餐廳被捕的信徒所言不假，〈E〉已經獲得了機械否定派的支持。〈E〉發表的陰謀論本來就都對科技抱著負面的看法，這樣的思想與機械否定派一致，所以能加以滲透也不奇怪——問題在於〈E〉的存在是如何傳播出去的。

如果信徒們已經開始建立獨有的社群，就應該徹底調查一番。

正當埃緹卡用YOUR FORMA開啟搜查資料的時候——

「佛金，健康應用程式說挪威的鮭魚和馴鹿肉很好吃呢。」

「謝多夫搜查官，那個AI真的想讓你變健康嗎？」

「它也會維護我的心理健康。」

「都給你說就好了。順便問一下，我想吃格子鬆餅，有沒有什麼值得推薦的店？」

「你對甜食以外的東西都沒興趣嗎？」

隔著通道的座位傳來毫無緊張感的對話——姑且不論佛金，謝多夫好像是初次造訪挪威。不過，他們的目的不是觀光，而是辦案。

「請你們稍微繃緊神經。」埃緹卡不由得再三告誡。「〈E〉或信徒們有什麼動作嗎？」

「沒有。」佛金乾脆地回答。「今天是奇數日，〈E〉不會發文，社群網站上的信徒也安分得很。特別是法國那裡的人，全都在討論煙火的話題。」

煙火——埃緹卡這才想起來，法國就快要慶祝革命紀念日了。每年以巴黎的閱兵儀式為首，各地都會舉辦盛大的煙火晚會或音樂會。自己還居住在里昂的時候，那段期間也總是有熱鬧的慶祝活動。

「原來他們也會聊陰謀論以外的事啊。」

「不說這個了。」佛金說道，探出身子。「冰枝搜查官，妳想吃什麼？」

不要拖別人下水。「我會隨身攜帶能量果凍，不需要特別吃什麼。」

「吃那種東西就能填飽肚子？妳開玩笑的吧。」

「你們說什麼果凍？要甜食的話有喔。」謝多夫插嘴說道。「這家咖啡廳看起來不錯，他們有提供減醣的餐點，最近很受歡迎——」

埃緹卡有氣無力地倒向椅背。真希望能快點抵達目的地。

挪威首都奧斯陸位於奧斯陸峽灣的最深處，是國內最大的城市。話雖如此，因為四周都被丘陵與山巒包圍，城市中也瀰漫著某種田園氣息。

奧斯陸中央車站的站前廣場十分熱鬧，到處都是拖著行李箱的旅客。車站的牆上有隨處可見的MR廣告正在輪流閃現，YOUR FORMA更解說了起來：**〈奧斯陸是畫家愛德華．孟克的故鄉，市政廳每年十二月都會舉辦諾貝爾和平獎的頒獎典禮——〉**埃緹卡很快便關掉了親切的導覽。

佛金問道：「冰枝，那個民間協助者已經到了嗎？」

「已經過了約好的時間，我想應該到了。」

埃緹卡與兩人一起走下廣場的階梯。許多觀光客包圍著一座大型老虎銅像——埃緹卡看見一名嬌小的少女正站在遠處。她將栗色長髮編成三股辮，身穿清純的連身裙，小小的雙手提著一個看起來很沉重的皮箱。

「比加。」

埃緹卡一出聲，比加便立刻抬起頭——然後馬上露出疑惑的眼神。因為她發現埃緹卡身邊還跟著佛金與謝多夫。

「冰枝小姐，請問……」

「這兩位是佛金搜查官和謝多夫搜查官，他們負責偵辦這次的案件。」

埃緹卡還沒有告訴比加自己已經失去電索能力，與哈羅德拆夥的事當然也一樣——既然埃緹卡離開了電索課，身為民間協助者的她遲早也會得知這些事。雖然應該早點告訴她，但埃緹卡實在提不起勁。

「呃，我是比加。你們好。」

比加仍舊帶著困惑的表情，分別跟佛金與謝多夫握手。

「事不宜遲。」謝多夫開口說道。「我們想知道妳有什麼關於〈E〉的情報。」

「我沒有什麼情報。」比加用傷腦筋的眼神看著埃緹卡。「就連〈E〉的存在，我也是接到冰枝小姐的聯絡才知道的。只是我每年會來奧斯陸幾次，所以知道機械否定派跟YOUR FORMA使用者可能接觸的地方。」

埃緹卡請比加提供協助的目的就在這裡——奧斯陸雖然是共生地區，但是以YOUR FORMA使用者與機械否定派的住宅區為首，從職場到學校，甚至是可光顧的店家都有明確的區別。國際社會也有聲音認為這種做法有侵害人權的疑慮，然而政府依舊堅稱這是「因雙方生活方式相異而採取的對策」。據說兩者會在城市中見到彼此的場合，頂多只有搭乘大眾交通工具的時候。

不過其中似乎有店家會違反規定，平等地接納YOUR FORMA使用者與機械否定派，這種店家就稱為「共生店家」。

「共生店家幾乎都是個人經營的餐飲店。」比加這麼說道。「像是咖啡廳或酒吧之類……經營這些店家的人認為生活圈的隔離不是區別，而是歧視。」

「當地警察呢？」埃緹卡問道。「他們不打算管制嗎？」

「我聽說目前警方是連查都不查，只是放任。我不太清楚詳情，不過好像是因為牽涉到一些敏感的國際問題……總之在這種共生店家，機械否定派應該有機會透過YOUR FORMA使用者得知關於〈E〉的事。」

「〈E〉的信徒也能在那裡辦聚會嗎？」

「大概可以。」

「話說——」謝多夫搔了搔後頸。「為了保險起見，我想先問一下，妳本身應該不是〈E〉的信徒吧？」

「我不是。」比加似乎有點惱怒。「我不是說我是第一次聽說嗎？」

「抱歉，他這個人美中不足的地方就是生性多疑。」佛金用眼神制止謝多夫。「比加，請就妳能掌握的範圍，把妳知道的共生店家全部告訴我們吧。」

「可以是可以……但我不知道的店要怎麼辦？」

「我們會透過經營者到處蒐集情報。」

他取出平板電腦，交給比加——螢幕上顯示著奧斯陸市內的整體地圖。比加用手指放大畫面，以熟練的手勢開始在地圖上留下標記。

「呃，大概可以區分成西邊和東邊。西邊是YOUR FORMA使用者的住宅區，東邊是機械否定派的住宅區……共生店家本身的數量還滿多的，查起來很辛苦喔。」

「的確。」佛金點頭。「我們最好分頭行動。」

經過一番討論，一行人決定兵分二路。佛金與謝多夫往西，埃緹卡與比加往東，各自調查兩邊的共生店家——事實上，比加原本應該要與謝多夫一起行動，但因為她不願意，才改成現在的組合。

埃緹卡與比加跟佛金他們分開，結伴走出站前廣場。

「很抱歉，我這麼任性。」比加的臉頰仍然鼓鼓的。「可是那個叫謝多夫的人，對機械否定派好像有什麼偏見。」

「是嗎？」自己沒什麼感覺，但既然比加都這麼說了，或許真是如此。「不過，雖然我這麼說好像有點怪，搜查官大多都很失禮。」

「這讓我想起初次見面時的冰枝小姐。」嗯？「還有，我剛才一直很想問……」

比加清澈的雙眼不安地仰望埃緹卡。

「……哈羅德先生怎麼不在？」

——事到如今也不得不說了。

埃緹卡開始依序說明。每說一段話，比加的表情就漸漸帶有同情之意。自己臉上搞不好也掛著悽慘的表情吧。

說完簡短的來龍去脈時，埃緹卡與比加站在交叉路口。老舊的電線桿上貼滿了沒有錢投放ＭＲ廣告的獨立樂團海報。

「……原來冰枝小姐的心理創傷連調理匣都沒辦法彌補。」

比加的表情徹底沉了下來——埃緹卡不能向她坦白「祕密」，所以只能說是「破案後的心理創傷惡化了」，而她似乎也相信。

燈號轉變，兩人穿越路口。路面電車的軌道反射正午的強烈日光——根據YOUR FORMA的全像標記，必須再走一段時間才能抵達東邊的住宅區。

「關於冰枝小姐的事，哈羅德先生是怎麼想的呢？」

「咦？」埃緹卡的喉嚨反射性地縮了一下。「呃……什麼怎麼想？」

「像是擔心或震驚……之類，一般人不是都會嗎？」比加心急似的揮動單手。「你們不是搭檔嗎？都一起工作這麼久了。」

「也沒有很久，才半年而已。」

「請不要狡辯。」這也不算狡辯吧。「而且冰枝小姐都在這裡，已經不是電索官了，哈羅德先生現在在做什麼？」

她會有這個疑問也是理所當然，但埃緹卡沒想到必須交代這件事。

埃緹卡說起他的新搭檔，也就是萊莎・羅賓電索官——一如預料，聽見「美女電索官」這個關鍵字，比加立刻臉色大變。

「妳、妳說什麼！那我們怎麼可以在這種地方浪費時間！」

「哪有浪費時間，我是在工作——」

「不可以絕對不行！贏不了的！」比加一個人陷入苦惱。從她手中落下的皮箱應聲倒在路上。「我這麼矮，身材又沒那麼好……為什麼？為什麼美男就是會吸引美女？世界的真理也太奇怪了吧？」

「比加，妳冷靜一點。」

「我沒辦法冷靜！哈羅德先生搞不好會被來路不明的美女玩弄在手掌心呢！」

「我根本沒那麼說啊。他們兩個只是同事——」

「妳就是這點不行，冰枝小姐！」

比加猛然抓住埃緹卡的雙肩用力搖晃。路人都用深感困擾的表情瞪著兩人，繞道而行——啊啊到底是怎樣啦！

「妳承認吧，不要裝傻！」聲音好大！「我早就發現了，冰枝小姐其實也滿喜歡哈羅德先生的吧！」

「比加妳等一下，我會頭暈，不要再……」

「可是冰枝小姐應該沒關係，反正妳一點姿色都沒有！」啥？「但那個美女不行，絕對不行，嗚嗚我有非常不好的預感，我們到底該怎麼辦嘛冰枝小——妳的臉色很糟糕耶，沒事吧？」

「妳以為是誰害的……」

比加慌慌張張地放手，埃緹卡這才終於解脫。腦袋還暈頭轉向的——早知道就別說了，沒想到她會變得如此歇斯底里。

「那個，呃，對不起……我太激動了……」

「就是啊。」埃緹卡扶著額頭。話說回來——「雖然我早就知道妳喜歡他，沒想到

YOUR FORMA

是喜歡到這個地步。」

「我、我只是！」比加似乎現在才感到害羞，她紅了臉，忸忸怩怩地低下頭。「該說是喜歡還是憧憬呢？我……」

「妳喜歡他哪裡？臉嗎？」

「冰枝小姐，請妳學會講話委婉一點。」對不起。「他的外表確實很迷人，而且既溫柔又紳士，觀察力也很敏銳，再加上……妳那是什麼眼神！」

「沒有啦什麼都沒有。」

比加不知道哈羅德的本性——也就是為達目的不惜利用他人，身為機械的冰冷的一面。她被哈羅德表面上的態度欺騙了。不過，因為這也是哈羅德的祕密，自己便不能勸告她……

但是——埃緹卡也知道他有他的良心。

所以自己才會輕易對他敞開心扉。因為他是第一個接納過去只能依靠纏的自己，甚至鼓勵自己向前走的人。

可是——

可是，這肯定也是出於自己的懦弱。

「冰枝小姐又是怎麼想的？」不知不覺間，比加有些悲傷地垂下眉尾。「如果能重回電索官的職位，妳還想……跟哈羅德先生一起工作嗎？」

如果電索能力恢復——

這已經連樂觀的推測都算不上了。

「可是……………」埃緹卡舔了嘴唇。「資訊處理能力是不可逆的。」

「假設可以治好呢？」

埃緹卡瞬間懷疑自己的耳朵。「咦？」

「抱歉，我原本很猶豫要不要說。」比加開始注意周遭的行人，頻頻往旁邊瞄。她接著放低音量說道：「生物駭客的技術中，好像有方法能操作資訊處理能力。我還不太清楚，但只要調查一下……」

埃緹卡忍不住露出苦笑。她知道比加是想鼓勵她，而且身為「密醫」的生物駭客具備那種技術也不奇怪。

即使如此——

「那是違法的行為，就連妳現在提供的調理匣都遊走在法律邊緣了。」

「雖然不是透過正規管道取得，不過那幾乎跟一般醫療機構所開的調理匣相同，並沒有違法！」比加說到這裡才忽然驚覺。「不……對不起，我突然說這麼奇怪的話……

冰枝小姐身為搜查官，這麼做是不行的吧。」

YOUR FORMA

路面電車流暢地奔馳而去，集電弓不斷搖晃，在地面上留下深深的影子。

——自己並不如比加所想的那麼正派。

現在自己就對她有所隱瞞。

每吸一口氣，肺部彷彿就會漸漸腐化。

「……我很高興妳這麼替我擔心，謝謝妳。」

「不會。」比加看起來有點內疚。「我覺得自己跟冰枝小姐的感情好像比以前更好了……我之所以想幫妳，原本是為了哈羅德先生，但現在單純是因為……」

「我知道。」

「是我太多管閒事了，請妳忘了吧。」

自己與她確實變得比以前親近，這對埃緹卡來說也是值得高興的事。不過，一開始的契機是那些醫療用ＨＳＢ調理匣——也就是自己的謊言。

老實說，自己或許連被她擔心的資格都沒有。

「其實……」比加依然別開目光。「我……還算不上是獨當一面的生物駭客，所以，我大概只能靠提供調理匣的方式來幫上妳的忙。」

據她所說，她還在「修行中」。同為生物駭客的父親會將一個人能完成的工作交給她處理，但她的技術似乎還不夠純熟。肌肉控制晶片或運作抑制劑等只需要注射的單純技術，比加雖然做得到，然而比較複雜的機件製作、藥品調配，以及為委託人進行手術等工作，她完全沒有經驗。

埃緹卡並不特別感到驚訝。以比加的年齡而言，已經能獨當一面反而稀奇——埃緹卡這麼一說，比加就露出心虛的笑容。

「有人年紀比我小，也已經獨立了。」

「是嗎？」

「對呀。所以，我也得多努力才行……但最近我爸爸已經什麼都不教我了。」

「為什麼？」

「因為發生了李的事。」她的視線漫無目的地沿著街道飄移。「妳應該也知道，我對她使用了肌肉控制晶片——」

克拉拉．李的案件已經是令人懷念的往事——李是比加的表姊妹，也是知覺犯罪的被害人之一。當時她就讀聖彼得堡的芭蕾學院，是個前途無量的學生。然而，她的技術其實是建立在生物駭客的肌肉控制晶片上，所以她最後選擇了主動退學。

據說後來她也被親生父母斷絕關係，現在跟比加一家人一起生活。

「替李植入晶片的事，其實是我自作主張。」比加的聲音不知不覺變得非常小，幾乎要被喧囂埋沒。「我以前也說過，我錯了。不管她怎麼拜託我，我都不該那麼做。爸爸也罵了我一頓……」

「因為妳自作主張嗎？」

「對。而且李根本不是那種能昧著良心做事的人。」她的微笑很笨拙，彷彿要碎裂。「可是我剛才又對妳說了那種話，說什麼資訊處理能力或許能治好……我真的很笨呢。」

乾燥得幾乎刺人的風輕撫著比加的髮絲，陽光在她的髮飾上跳躍。

「——就算想幫上別人的忙，到頭來我還是只懂得這種做法。」

從那對純真眼睛的深處似乎能隱約看見她所懷抱的憂愁。

## 2

奧斯陸市內東部——機械否定派的住宅區有許多色彩鮮豔的小巧房屋比鄰排列著。路上行人似乎大多是來自國外的移民。明明是在城市中，卻沒有個人資料或MR廣告跳出的景象，令埃緹卡感到有些詭異。明明如此，街上還是有貨運無人機等機械徘徊，所以顯得更不協調了。

埃緹卡與比加造訪每一間共生店家，向這些小型餐廳或咖啡廳的經營者打聽線索——巡迴將近十家店以後，兩人就已經筋疲力盡。

「一點線索也沒有。」埃緹卡有氣無力地說道。「唉，事情果然沒那麼簡單……」經營者都異口同聲地表示從來沒見過客人宣傳關於〈E〉的事，他們甚至全都是第一次聽說〈E〉的存在。

「如果到頭來只是白忙一場怎麼辦？」比加也累垮了。「而且就算他們知道關於〈E〉的事，我們也看不出他們有沒有說謊。既不能電索，也沒有哈羅德先生在……」

「確實。」這種時候，他的觀察眼肯定能派上用場——埃緹卡深切體會到這一點。

「我先傳訊息給佛金搜查官他們好了。搞不好他們有查出什麼成果。」

「妳說得對。我們去下一家店吧……」

兩人拖著疲憊的腳步造訪格陵蘭地區的咖啡廳，這才第一次有了收穫。

「阿克爾河附近的酒吧經常舉辦奇特的聚會。」店長是一名挪威男性，用好奇的目光看著埃緹卡秀出的ＩＤ卡。「以前也有人邀請過我，但我拒絕了。對方說那是反科技運動，還說可以治好疾病什麼的……」

埃緹卡問道：「邀請你的人是YOUR FORMA使用者嗎？」

「不知道耶，我是沒注意對方有沒有連接埠。」他指著自己的胸口。「對方有幾個人，每個人都穿著這裡印著『Ｅ』的襯衫。他們總是在那附近找路人攀談。」

埃緹卡與比加互望彼此一眼——看樣子好像中獎了。

「現在這個時間，酒吧剛好要開門了。」比加使用佛金借給她的平板電腦確認地圖。「要不要去看看那場聚會？離這裡並不遠。」

「我當然有這個打算。」

於是，兩人越過阿克爾河，前往那家問題酒吧——當地是一處小有規模的鬧區，漆成紅褐色的建築物一樓全都是店面。不只是門口沒有招牌，在YOUR FORMA的地圖上也沒有登記店家資訊。入口只裝著紅色的夜燈，閃著令人不安的光芒。

現場不像咖啡廳的店長所說的那樣，並沒有人在街頭向路人攀談。

只不過——

「有人走進去了。」

「那麼顯而易見的信徒可不多見。」

埃緹卡與比加在遠處觀察，發現確實有年輕人穿戴印著「Ｅ」字樣的Ｔ恤或棒球帽，陸續走進店內。目前看來，其中混雜了機械否定派與YOUR FORMA使用者。將他們視為信徒組成的社群幾乎不會有錯。

走了一整天的辛勞總算沒有白費。

「佛金搜查官有聯絡我們嗎？」

「還沒，我打電話給他看看。比加，妳繼續監視店面。」

埃緹卡背對她，撥打電話給佛金。令人煩悶的來電答鈴響個不停——他們該不會真的在享用挪威料理或格子鬆餅吧？埃緹卡這麼想著，正開始感到煩躁的時候……

電話終於接通了。

「佛金搜查官，請問格子鬆餅的味道如何？」

『別鬧了，我剛才只是在應付聒噪的店長。』佛金很快地說了。『我看到妳的訊息了。我們剛才有問出情報，聽說阿克爾河附近有一家酒吧疑似是信徒的聚會地點……』

「我們剛好抵達那家酒吧附近。」

『真的假的？』他嘆了一口氣。『被妳們搶先一步了。』

「總而言之，我們先會合吧。我跟比加一起在這裡等——」

埃緹卡這麼說著，回頭望向比加。

然後愣住。

剛才還待在身邊的她忽然不見蹤影了。

不對，她並沒有消失——比加此刻正以果決的步調走向酒吧。她在轉眼間便走進店裡，在門口與她擦身而過的信徒一臉疑惑，回頭望著她。

埃緹卡啞口無言。

她到底在做什麼？

『冰枝搜查官？』佛金的聲音讓埃緹卡回過神來。『發生什麼事了嗎？』

「呃，比加剛才一個人走進酒吧了。」

『妳說什麼？』

「不好意思，我也要追上去。我們晚點再碰面吧。」

他又說了些什麼，但埃緹卡迅速掛斷了電話——比加為何突然急著行動呢？目前還不知道裡面聚集了什麼樣的人，她卻一個人闖入，實在不尋常。

埃緹卡仍然一頭霧水，快步走向店門口。

她一口氣推開入口的門——剛踏入店內，一股酒精香氣立刻竄進鼻腔深處。鮮豔的紫色燈光灼燒著雙眼，舞池與吧檯都擠滿了許多信徒。內部比外觀還要寬敞許多，也有一定的深度。牆壁上畫滿了看似街頭藝術的插畫，還掛著巨大的螢幕。那不是軟性螢幕，而是上一個世代的產品。

埃緹卡一瞬間愣在原地。

螢幕上播放的是〈E〉至今的貼文，一則又一則的陰謀論隨著流行樂浮現，然後又逐漸流逝。過了不久，畫面上映出一行文字：「眾所矚目的未完遊戲！」

接著——

【知覺犯罪案件的嫌疑人——伊萊亞斯・泰勒使用YOUR FORMA操縱了人們的——】

這則貼文一顯示出來，信徒們便同時發出噓聲。有人大聲咒罵電子犯罪搜查局，現場立刻被震耳欲聾的掌聲與口哨聲填滿，令埃緹卡不禁皺眉——真是詭異的空間，必須馬上帶比加離開才行。

不過，到處都看不到她的身影。

埃緹卡在信徒之間穿梭，往店內深處前進。所幸人群中也混著東方人，所以她並沒有特別顯眼——信徒們的對話如浪潮般湧來。「〈E〉果然厲害。」「他比政府可靠多了。」「我打算一輩子追隨他。」「你知道嗎？聽說〈E〉的真面目是從事慈善事業的大富豪。」「所以他才能弄到各種藥嗎？」「聽說他有超能力。」「使者大人今天也來了嗎？」「使者大人在裡面，我剛才有看到。」

——「使者大人」？他們在說什麼？

YOUR FORMA不斷跳出佛金的來電訊息。現在可沒空接電話。

埃緹卡找到比加的時候，她正待在擺著桌椅的圓形大廳。掛在天花板的鋼索上纏繞著大量帶有南島風情的人造花，室內裝潢廉價得令人反感，然而信徒們毫不在乎地對飲著酒。

比加正透過牆壁上的窗戶窺探深處的小房間。

「比加，妳在做什麼？我們馬上出……」

埃緹卡說著，越過她的頭頂往小房間望去。

首先映入眼簾的是牆壁上畫的粗糙向日葵。室內很冷清，只擺著皮製沙發與矮桌。沙發上坐著三名身穿黑衣的男人，對面則是一對年邁的母子，他們就跟信徒一樣，手臂上有〈E〉的刺青——兩人一臉陶醉，注視著那些男人。從這裡可以隱約聽見他們的對話。

「非常謝謝您，使者大人。多虧您上次提供的藥，家母的身體已經好起來了。」

「畢竟YOUR FORMA使用者的電波會引起暈眩。」一名男人這麼回答。「〈E〉永遠都是你們的夥伴。如果還有什麼困擾，歡迎再來找我們商量。」

原來如此。那些人就是剛才的信徒所說的「使者大人」吧——他們跟其他信徒不同，身上並沒有類似的記號。從剛才的情況看來，他們的職責似乎是解決信徒的疑難雜症……這也是〈E〉其中一種傳教方式嗎？若真是如此，確實很接近〈E〉的靈性主張，手段類似邪教。

「看來我們有必要去向那些男人問話了。他們或許跟〈E〉有關聯。」

埃緹卡這麼低聲說道，比加才終於開口。「我想應該沒有關聯。」

「妳為什麼這麼想？」

「因為……」她目不轉睛地望著窗戶。「因為——那是『我爸爸』。」

埃緹卡的思緒一時跟不上。

……她說什麼？

「我剛才看到爸爸走進這裡，實在太震驚才會追過來。」比加的聲音很小，而且在顫抖。「我還以為是自己認錯人了……爸爸為什麼會在這種地方……」

埃緹卡重新觀察那三個男人。經比加這麼一說，她才發現最右邊的男人有著栗色頭髮，鼻子的形狀跟比加十分相似。他的體格偏瘦小，但肌肉結實——另外兩個人單純是機械否定派嗎？為什麼要做出這種事？

「不管怎麼樣——」埃緹卡觸碰比加的肩膀。「我們先去外面，等佛金搜查官他們來吧。萬一我們的身分曝光，可能會有危險——」

然而，比加已經聽不進去了。

「這是怎麼回事？爸爸！」

她不理會埃緹卡的制止，直接衝進小房間——正要走出來的母子嚇了一跳，盯著比加看。不對，不只是那對母子，坐在位子上的其他信徒也都同時望了過來。

這下不妙了。

「比加？為什麼妳會在這裡……」

小房間內最右邊的男人——比加的父親正好從沙發上站起，另外兩個同伴也驚訝得面面相覷。

「你明明說要去幫委託人看診，為什麼會在這裡！」比加逼近父親。「難不成爸爸也是〈E〉的信徒？」

「我才要問妳，妳是從哪裡得知這個地方的？」

「現在是我在發問，好好回答我！」

「喂，丹尼爾。」其中一個男人呼喚比加的父親。「糟了，她是那個……」

他們同時將視線轉向埃緹卡——然後恐懼似的睜大眼睛。

等等，他們知道自己的真實身分嗎？

可是根本沒有時間採取行動。

「是電子犯罪搜查局的搜查官！」突然間，一個男人大叫。「抓住那個女人！」

——糟透了。

埃緹卡回過頭，發現一切都太遲了。

原本坐在桌邊的信徒站起來的速度幾乎可以用彈跳來形容。他們的表情就像是被某種東西附身，同時鎖定埃緹卡——埃緹卡情急之下，推倒近處的桌子。衝過來的男人被桌子絆倒，跌了一大跤。一個女人從別的方向出現，猛然抓住埃緹卡的手臂；某人用全身的力量衝撞過來。一陣悶痛，腳步踉蹌。

站不住了。

埃緹卡無力推開眾多信徒，被他們擠成一團。她就這麼倒下——雖然試圖拔出腿上的槍，卻構不到。埃緹卡被信徒壓制住，趴在地上。從某處伸過來的手抓住了她的後頸，唰的一聲，保護後頸燒傷的紗布被撕了下來。「有兩個連接埠！」「是電索官吧。」「這個惡魔……！」接連發出的咒罵令埃緹卡毛骨悚然。

——會被殺掉……！

當她嚇得失去血色的瞬間……

「所有人不准動！」一聲怒吼響徹店內。「雙手放到腦後！」

現場頓時鴉雀無聲。

埃緹卡勉強抬起頭——看見佛金與謝多夫站在中庭入口的身影。埃緹卡以為趕上了，卻放心不了多久。

信徒們的吶喊粉碎了一切。他們非但沒有退縮，甚至以烈火般的氣勢衝向佛金他們。幾陣高亢的槍聲響起，麻痺了鼓膜。遠處傳來冰冷的警笛聲。當地警察趕來了嗎？

在一陣混亂之中，勉強掙脫的埃緹卡爬向小房間，往裡面窺探。

比加與她的父親一行人消失得無影無蹤——只有通往後面的門被風吹動，發出陣陣噪音。

啊啊，可惡，被他們逃了！

*

「放開我，爸爸！放開我啦！」

比加被父親丹尼爾扛起，塞進出租旅行車，幾乎無力反抗——這裡是後座。接著被丟進車內的皮箱在她腳邊應聲落地。旅行車重新啟動，往前一看可以發現那兩名同夥已經在駕駛座與副駕駛座就定位。

「開車吧。」

丹尼爾坐到比加身旁。很快地，車子順暢地起步——比加不禁將額頭貼在車窗上。轉眼間，酒吧的建築物朝後方逐漸遠去。比加原本想勉強開門跳車，但實在太危險了。

埃緹卡最後的身影閃過比加的腦海。她被信徒們包圍——啊啊，請妳一定要平安無事。

比加如此祈求的同時，湧上心頭的情緒與疑問也即將爆發。

究竟為何會演變成這種情況，她完全無法理解。

「比加，妳為什麼會在這裡？」父親如此質問。「是那個電索官逼妳幫忙的嗎？」

——問題就在這裡。

「為什麼你會知道冰枝小姐？爸爸，你該不會早就發現……」

「丹尼爾，我們要在中途分開！」駕駛座的男人吼道。「車子給你，我們回莫曼斯克。這樣可以吧？」

「沒問題。總之得先甩掉那些搜查官……」

比加在慌亂之中交互望著父親的側臉與駕駛——這兩個男人，她都不認識。他們不是薩米人，應該是爸爸在某處認識的機械否定派，但是為什麼——

自己成為民間協助者的事果然已經被他發現了。

他甚至還調查過埃緹卡的長相。

「爸爸。」

「比加——」父親的手安撫似的觸碰比加的肩膀。「聽我說，我不會責怪妳。妳應該也有自己的苦衷吧。錯的是利用妳善良的那些電索官。」

比加勉強搖搖頭。一時之間發生了太多事，她的腦袋實在跟不上。

「搜查局在追查〈E〉嗎？」

「你先等一下。」

「大概是因為那篇貼文吧。因為被說中痛處，他們也急了。」父親似乎什麼也聽不進去。「但他們再怎麼掙扎，獲勝的依然是真相。比加，〈E〉一定會拯救我們，所以妳放心吧。」

「我不懂。」比加快要喘不過氣似的說道。她真的不懂。「爸爸是〈E〉的信徒嗎？你在幫他吧，為什麼？」

丹尼爾轉頭望了過來。他的眼睛微微充血，且瞳孔放大。這張臉明明是熟悉的父親，看起來卻又像個陌生人。

「……很抱歉瞞著妳。」

他的音調非常生硬。

「不過，這是某種抗議。〈E〉會證明真相，揭穿YOUR FORMA的黑暗面。只要我們的聲量變大，人們或許會重新審視現今的社會。」丹尼爾放在比加肩膀上的手更加用力。「如果一切順利……我們就不必靠生物駭客的工作過活了。」

——他到底在說什麼？

比加的內心湧現深不見底的絕望與恐懼。那根本是痴人說夢。雖然自己算不上見過世面，但還是明白。他們族人之所以被迫過現在的生活，背後有著錯綜複雜的原因。即使〈E〉大鬧一場，訴諸陰謀與暴力的做法也無法改變什麼。

可是，父親並不這麼想。

「我們總有一天能脫離這種矛盾的生活方式，比加。」丹尼爾繼續說道。「我們不必再弄髒自己的手，運用生物駭客這種可恨的科技。我們可以像以前一樣，以機械否定派的身分過著追逐馴鹿的寧靜生活……」

「你真的這麼相信嗎？」

比加厲聲問道——然後撥開丹尼爾的手。她看到前座的兩人回過頭來，但還是使勁搖晃父親的雙臂。

「拜託你醒醒！」她感到害怕，害怕自己所熟悉且尊敬的父親已經被改寫成某種陌生的瘋狂信徒。「〈E〉只是個陰謀論者，根本沒有能力改變社會！可是你卻……」

「妳現在或許不懂，但……」

「我永遠也不會懂！拜託你回去那家酒吧，跟冰枝小姐好好解釋！」

「比加，妳冷靜一點。」

父親強硬地掙脫比加的手。他筆直望著比加的眼睛——小時候，父親認真責罵比加的態度也是這樣。不論是多麼微不足道的錯誤，比加每次挨罵都會乖乖反省。

可是，現在不同了。

「——這也是為了妳好。」

父親所說的每一句勸告，她怎麼就是無法理解。

＊

好幾輛警車開上人行道，聚集在酒吧前。鬧區籠罩在一片喧鬧之中，當地警察將一個又一個信徒押上警車。藍色的警示燈閃著刺眼的光線，蓋過了任何色彩。

「謝多夫搜查官，這裡交給你了。我們要去追比加。」

「晚點再會合吧，佛金。」

「嗯。」佛金拍了謝多夫的肩膀。「冰枝，妳跟我一起來。」

佛金揚起夾克，邁出步伐，於是埃緹卡也跟了上去——因為剛才跟信徒擠成一團，全身到處都在隱隱作痛。不過，現在也顧不了那麼多了。

「佛金搜查官，比加是機械否定派，我們無法取得她的定位資訊。」埃緹卡走在佛金身旁。嘴唇好像破了，光是說話就會有一股鐵鏽味在口中擴散。「要怎麼查出她的所在地？」

「她帶著我借給她的平板電腦嗎？」

「應該帶著。」現場並沒有遺留比加的皮箱，她的行李應該也被父親一行人帶走了。「所以，只要取得那臺電腦的定位資訊就行了吧。」

「我會向搜查支援課長申請，妳去停車場開車過來吧。」

「我明白了。」

埃緹卡與佛金分頭行動，靠著地圖來到附近的停車場。她在共享汽車之中挑了一臺德國製休旅車，坐進裡頭。埃緹卡用YOUR FORMA進行使用者認證，完成租車手續。一啟動引擎，車身便開始震動。

埃緹卡靠在方向盤上——心裡掛念著比加。話雖如此，帶走她的人畢竟是她的父親，父親應該不會傷害親生女兒，但是……

那個父親自稱「使者」。

他們三個人與〈E〉有關聯嗎？

不論如何，逮到對方就知道了，不能在這裡讓他們逃走。

過了不久，駕駛座的車門開了——是佛金。他用手勢催促埃緹卡移動到副駕駛座。埃緹卡照做，他便等不及似的跳上車。

「查到比加的定位資訊了。」YOUR FORMA接到來自他的地圖資料——開啟。「目前正以時速一百二十公里在E6公路上行駛。從路線看來，目的地應該是機場。」

「機械否定派是怎麼通過共享汽車認證的？」

「這裡可是共生地區，當然也有為他們設計的共享汽車。」原來如此。「這下子適得其反了，可惡。」

佛金駕車前進。

埃緹卡看著顯示比加的定位資訊的地圖。E6公路沿著和緩的弧度北上，順路直行就會抵達奧斯陸加勒穆恩國際機場。他們想搭飛機逃亡嗎？不過，即使他們那麼做，我方也可以早一步先到凱於圖凱努。

「拿去。」

突然間，佛金單手遞出了某種東西——是手帕。埃緹卡一時不懂他的用意，不禁皺起眉頭。

「拿去擦妳的嘴巴啦。」佛金有些不耐煩。「妳想放著不管嗎？」

「啊啊。」埃緹卡觸碰嘴唇的傷口。「我沒事，只是小傷，血會自己停的。」

「……咖啡那時我就在想了，妳這個人對生活還滿不拘小節的吧？」

埃緹卡忍不住屏息。

——『我認為，電索官妳這個人不太懂生活情趣對吧？』

埃緹卡想起了才剛相遇就猜到自己不懂生活情趣的阿米客思——彷彿點燃了導火線，記憶一口氣爆發。沒錯。自己被法曼綁架而受傷的時候，他非常擔心。不久前因為無法潛入，昏倒的時候也是……

可是到了現在，自己漸漸開始明白。

埃緹卡交互望著佛金遞出的手帕與他的臉。

——溫柔的人，肯定到處都有。

只不過是因為自己過去一直生活在狹小的世界，沒有察覺罷了。

「……謝謝你。」埃緹卡接過手帕。「我會洗過再還的。」

「不用還了，直接丟掉吧。」

「那我再買新的還你。」

「真搞不懂妳到底是不拘小節還是一板一眼。」佛金用開玩笑的口氣這麼說。「幸好妳只受了這麼點傷。不管是什麼理由，我都不想看到同事的屍體。」

「……嗯，謝謝你們的幫忙。」

埃緹卡用手帕按壓嘴唇，便聞到一股陌生的洗衣精香味。

沒錯——世界上到處都有溫柔的人。實際上，自己就遇見了值得信賴的同事。佛金與謝多夫都不是壞人，他們雖然有不正經的一面，但都是很好的前輩。

那個時候，自己會接納、依賴哈羅德，是因為強烈的孤獨。

因為渴望溫柔與關愛。

所以既然已經身在接納自己的環境——即使再也無法電索或無法見到哈羅德，那也無所謂。應該無所謂才對。因為已經有了「溫柔對待自己的人」，她根本沒有理由執著於那個阿米客思。

可是——

為什麼自己會覺得一切都如此空虛呢？

埃緹卡緊咬用手帕摀住的嘴唇——這跟纏的情況不同嗎？自己誤解了自己的感情嗎？對他的這份感情不是「執著」？或者雖然是「執著」，卻又帶有更多其他成分……

埃緹卡只知道，這絕對不是出於保守共同祕密的責任感。

可是——既然如此，自己究竟是被什麼壓垮的？

為什麼會失去電索能力？

即將抵達機場的時候發生了異狀。原本追蹤的平板電腦的定位資訊突然被切斷了。看來似乎有人刻意關掉了電源。

「被發現了。」佛金咂嘴。「前面有岔路。他們有可能會假裝前往機場，再轉向往瑞典前進。想從那邊起飛嗎？」

「我認為可能性很低。」埃緹卡操作YOUR FORMA，列出附近的機場。「即使逃往瑞典，最近的機場也是地方航線。他們會不會單純是虛晃一招，真正的目的地仍然是奧斯陸的國際機場？」

「搞不好被妳說對了。妳能聯絡機場嗎？我想攔截他們的登機手續。」

「我試試看。」

幾十分鐘後——埃緹卡與佛金抵達奧斯陸加勒穆恩國際機場。佛金經過停車場，直接開進圓環。兩人爭先恐後似的跳下車，直奔航廈。埃緹卡迅速分享情報給警衛室。

「機場方好像在報到櫃檯攔下了符合特徵的旅客。」

「真是好消息。加快腳步吧！」

埃緹卡與佛金不約而同地起跑。

一踏入出境大廳，細雨般的喧囂便從天而降。天花板架著流線型的木製支柱，類似大理石的灰色地板上散布著無數旅客的影子。埃緹卡跟著佛金，穿梭在來來去去的人類與阿米客思之間。

終於，漸漸可以看到報到櫃檯了——被一群警衛阿米客思包圍的人，正是比加與她的父親丹尼爾。丹尼爾似乎正在跟阿米客思爭論不休。另一方面，比加被父親抓著手臂，害怕得瑟縮著身體。

罕見的情況吸引了許多旅客在一旁圍觀。

「我們是搜查局，讓開！」

佛金高舉ＩＤ卡，撥開人潮前進。埃緹卡跟著他——這時比加注意到兩人了。

「冰枝小姐……！」

比加立刻想要奔來，但丹尼爾從背後架住她的雙臂阻止了她。丹尼爾維持同樣的姿勢，用他的大手摀住女兒的嘴巴。比加試圖掙脫，卻完全無法動彈——他總不會殺死女兒吧。不過，從旁人的角度也能明顯看出被逼到絕境的他已經亂了陣腳。

「到此為止了，把雙手放到腦後！」

佛金與埃緹卡同樣舉槍指著他——丹尼爾仍然抓著女兒，不願配合。在燈光下可以看見他的肌膚帶著淡淡的日曬痕跡，刻劃在臉上的細密皺紋彷彿容納了來自峽灣的海風氣味。

比加的眼神向埃緹卡傳達一個訊息。

——不要對我父親開槍。

佛金用嚴厲的語氣問道：「你的其他同夥去哪裡了？」

「早就逃走了。」丹尼爾咬牙切齒地說道。「我們只是在那個地方拯救為病所苦的人，為什麼就是不能放過我們？」

「如果你跟〈E〉沒關係，也沒有叫人攻擊我們的搜查官，我就會放過你們了。」

「我們不認識〈E〉，只不過是借用他的名義而已。」

「我說第二次，把雙手放到腦後。」

「是你們先把我女兒拖下水的吧！」

丹尼爾的怒吼熊熊燃燒，被吸向天花板——埃緹卡渾身僵硬。他那雙與比加十分相似的綠色眼睛瞪了過來，就像要貫穿自己似的。

他果然早就察覺了——察覺自己的女兒是搜查局的民間協助者。

埃緹卡握槍的手更加用力。

「你知道我的長相，是從哪裡查到的？」

「埃緹卡・冰枝電索官。」他沒有回答，瞇起一隻眼睛。「妳教唆我的女兒背叛我們。這孩子一離開這裡就活不下去，妳卻讓她做出會被族人永遠看不起的事……」

佛金打斷了他的發言。「你打著生物駭客的招牌，憑什麼這麼說？」

「閉嘴！」丹尼爾的手宛如快要讓比加窒息了。「你們大概無法體會吧。YOUR FORMA的傀儡沒有必須保護的文化，連何謂尊嚴都不懂……像你們這種把靈魂出賣給機械縫線的人……」

他接著用薩米人的語言不屑地說了些什麼——同時，佛金開槍了。如雷的槍聲讓看熱鬧的群眾開始躁動，子彈狠狠陷進丹尼爾腳邊的地面。

「沒有第三次了！」

他大聲一喝。

回音靜靜地滲透四周。

丹尼爾暫時定睛瞪著佛金——或許過了一分鐘。他終於明白自己敵不過對手，於是鬆開結實的手臂放比加自由。丹尼爾遵照指示，小心翼翼地將雙手放到腦後。很明智的判斷。

埃緹卡稍微放下心來。

佛金馬上逼近，將丹尼爾壓制在地。他將丹尼爾的手臂扭到背後，立刻銬上手銬——這時比加癱坐在一旁。

「比加。」

埃緹卡收起槍，趕緊奔到她身邊。埃緹卡跪下來查看的時候，比加咬著發白的嘴脣。她看都不看埃緹卡——視線就像被父親吸引，仰望著他。

她的眼神十分激動，令人無法輕易向她搭話。

丹尼爾正好被佛金勉強拉著站了起來。

「爸爸……」比加的聲音不穩地動搖著，卻又包含堅定的意志。「我確實覺得我們不能再繼續這樣下去。可是，不管你到底是不是〈E〉的同伴……這種做法都是錯的，什麼意義也沒有……」

她笨拙的微笑在埃緹卡的腦海中復甦。

──『就算想幫上別人的忙，到頭來我還是只懂得這種做法。』

「比加──」丹尼爾皺起眉頭。「妳只是還不懂而已。妳聽好了，千萬不可以聽信搜查局所說的話，他們只是想欺騙妳──」

「我是自願幫忙的。」

丹尼爾微微睜大眼睛。「妳說什麼……」

「因為……」

比加小巧的下巴明顯正在顫抖。

「因為──我毀了克拉拉的人生！」

她發出撕裂般的呼喊。過去的她從來不曾發出如此悲痛的聲音──比加泣不成聲，蜷縮著身體。

「媽、媽媽也是，原本說不定還有救的。要不是堅持否定機械、堅持維護自尊……如果她有好好、接受治療……可是、可是我們卻、誰都不……」

長長的三股辮垂在地上，畫出哀慟的弧度──埃緹卡什麼也說不出口，只能把手放

在比加背上。凸起的脊椎摸起來非常脆弱。

不知父親是如何看待女兒的吶喊，他閉著嘴巴。

「……走吧。」

佛金催促他。

於是，事情就發生在他們踏出第一步的時候。

突然間，「丹尼爾的身體開始傾斜」。

——咦？

埃緹卡茫然看著丹尼爾頹然倒向地面的模樣。重摔在地的肩膀微微彈起。佛金也沒有立刻反應過來。

等等。

抬起頭的比加睜大眼睛，幾近崩潰。

「爸爸……！」

到底發生什麼事了？

## 3

如果要比喻，萊莎的電索就像是一輛高速行駛的列車——哈羅德這麼想。彷彿稍微走錯一步就會脫離軌道，用十分危險的方式接連拋出機憶——與埃緹卡截然不同。埃緹卡的電索就像是在沒有任何氣泡的水中下沉，寧靜而毫不猶豫，感覺很接近天生懂得如何游泳的魚。

即使同樣是電索，也會有如此明顯的差別。若改以阿米客思為例，就像不同世代或機型，其運算處理能力也會有所不同嗎？

——哈羅德正分配一部分的處理能力思考多餘的事時，萊莎找到了關鍵的機憶。

哈羅德拔除〈探索線〉後，萊莎果然大幅搖晃了起來。哈羅德已經漸漸習慣扶著她的動作——他們明明只潛入了幾次。

「電子毒品買賣的主謀好像在巴黎十一區。我也查出地址了。」

萊莎這麼說著，瞥了一眼躺在偵訊室的簡易床架上的嫌疑人。這個人是總部的電子藥物搜查課根據兩人昨晚的電索結果所逮捕的其中一名買主，他掌握的情報比想像中還多。

「接下來就是電藥課的工作了呢。」

「對呀，畢竟我們沒有能力拿槍衝進現場掃射。」

不論如何，歷經超過半個月的搜查，這起案件總算告一段落了。

兩人與電藥課共享電索結果，然後辦完事務性的手續，結束一天的工作——里昂總部遠比聖彼得堡分局大，在職的搜查官數量也不是後者可以比擬的。話雖如此，除了哈羅德以外，並沒有其他阿米客思搜查官。或許是因為很稀有，哈羅德曾多次感受到好奇的目光。

兩人來到停車場時，太陽已經漸漸西下。哈羅德回頭望著建築物——電子犯罪搜查局總部所屬的國際刑事警察組織是一棟有著玻璃外牆的大樓，此刻反映著開始褪色的天空。吹過隆河而來的風有些寒冷。

時間差不多快要晚上八點了。

「哈羅德。」並肩而行的萊莎開口說道。「如果你有空，等一下能不能跟我去一個地方？可以看到有趣的東西喔。」

「當然沒問題。」哈羅德回以微笑。身為她的搭檔，自己必須努力與她拉近距離。

「有趣的東西是指什麼呢？」

「你是第一次來里昂嗎？」

「我有來過總部幾次，但從來沒有觀光過。」哈羅德補上萊莎可能會想聽的話。「如果妳願意帶我去逛逛，我會很開心。」

「讓我招待你參加富維耶之夜。」她用戲劇化的動作打開車門。「來，請上車。」

里昂位於法國東南部的隆河－阿爾卑斯地區。這座城市有索恩河與隆河源源不絕地流過，由於中世紀的定期市集而逐漸發展，到了十六世紀更藉著絲綢交易變繁榮——如今此處已經是僅次於巴黎的第二大都市。

對哈羅德來說，這裡是埃緹卡遇見自己之前生活的地方。自從來到這裡，哈羅德便想像了幾次。想像她在統一為柔和色調的街道一個人散步的身影——如果是裝扮得有如烏鴉的埃緹卡，看起來應該就像是落在繪畫中的一滴墨水，令人印象深刻吧。

不論如何封鎖，關於她的念頭還是會不經意湧現。

哈羅德已經漸漸不再阻止自己思考了。

萊莎與哈羅德朝富維耶山丘前進。這裡是能眺望整個里昂的地標，坐擁巴西利卡式的大教堂與美術館等設施——兩人造訪的地點是位於山丘一角的古羅馬劇場。這座約建於西元前十五年的圓形劇場遺跡到了現在，仍然是用來舉辦室外活動的設施。石造的座位排列成碗狀，包圍著人工燈光照亮的中央舞臺。現場已經聚集了許多觀眾。

「幸好趕上了。距離表演開始還有十分鐘。」

哈羅德與萊莎並肩坐下。座位雖然離舞臺稍遠，靠著自己的視覺裝置，這點距離不成問題。

「我還以為妳要帶我去看那座大教堂呢，因為它非常有名。」

「那座大教堂確實很壯觀，但不是今晚的主角。」萊莎毫無保留地微笑。「這裡會上演一齣很棒的戲，阿米客思也會登臺喔。」

哈羅德用柔和的語氣問道：「妳對戲劇有很深的了解吧？」

「沒有你說的那麼了不起，但我喜歡看戲，也喜歡演戲。」

「妳有學過表演嗎？」

「還是學生的時候學過，不過我完全沒有天分。就各種意義來說，不管多麼嚮往，世界上有些事情還是放棄比較好吧？」

「的確如此。我也曾希望能像其他搜查官一樣隨身帶槍，但還是放棄了。」

「好可愛的夢想。」萊莎莞爾一笑。看來她似乎認為這是玩笑話。「雖然十時課長沒有透露詳情，不過我看得出來，你確實是『次世代』機型。」

「妳對我還滿意嗎？」

「非常滿意。真希望總有一天所有阿米客思都能變得像你一樣。」

「真的嗎？」

「當然是真的。因為——」萊莎用手指梳開頭髮，忽然皺起眉頭。「討厭……你看到這則新聞了嗎？」

她用YOUR FORMA傳送連結到哈羅德的裝置——哈羅德用全像瀏覽器開啟。剛發表不久的新聞標題瞬間從黑暗中跳出。

〈挪威·奧斯陸／〈E〉信徒與警方爆發衝突，多人受傷。〉

據說在奧斯陸市內的酒吧，自稱〈E〉信徒的團體與當地警察爆發了槍戰。警方似乎尚未查明原因與詳細情形——但聽到〈E〉，系統便自然有了反應。哈羅德重新憶起前幾天那則有關知覺犯罪的貼文。

搜查局應該正在追查〈E〉，但哈羅德並不清楚後來的進展。即便在局內，情報通常也不會透露給負責的搜查官以外的人，所以實際上或許有什麼進展——至少目前並沒有信徒盯上搜查局的消息。

「他們大概也不太歡迎阿米客思的進化吧。」萊莎從旁關掉哈羅德的全像瀏覽器。「抱歉，我好像不該傳這則新聞給你。」

「沒關係，我不會把這種事情放在心上。」

「是嗎……對了，〈E〉的那則貼文也在局內引發了話題呢。」

萊莎與知覺犯罪無關，應該是從別人口中聽說的吧——〈E〉的貼文原本就刊登在可以自由瀏覽的匿名論壇上，所以必然會引發話題。

「我知道。這件事有造成什麼騷動嗎？」

「是還不至於造成騷動啦。」這個時候，萊莎似乎想到了什麼。「我都忘了你的功績呢。我記得你有負責偵辦知覺犯罪案件吧？」

「是的。不過嚴格說來，負責偵辦的人應該是冰枝電索官。」

「你不是也有很大的功勞嗎？當時大家都在討論這件事呢。」她定睛注視著哈羅德。「……那則貼文是真的嗎？」

「妳是指〈E〉的貼文嗎？」哈羅德歪頭問道，萊莎便點點頭。「我們不能說出關於重要機密案件的事。不論能不能說，『我都記不太清楚了』。」

「你又在說笑了。阿米客思的記憶力應該很完美。」她不禁發笑，將目光轉回舞臺。「啊，差不多要開始了。」

燈光的色彩緩緩轉變，現場隨即響起熱烈的掌聲——四周再次充滿寂靜時，舞臺上出現了兩名演員。一人是人類，另一人是阿米客思。兩人隔著垂掛的紗幕面對面。

近年來，阿米客思參與戲劇演出的例子並不稀奇。只不過，其中九成九都不是飾演人類的角色，而是阿米客思的角色——他們基本上都是以配角的身分登場，甚至有不少角色都沒有臺詞。不過，這次似乎不同。

萊莎在哈羅德耳邊低聲說道：「聽說這是數學家和阿米客思的故事。數學家的角色好像是以艾倫．圖靈為原型。」

「圖靈生存的年代不是阿米客思誕生的很久以前嗎？」

「設定上好像是兩人透過連結不同時代的電腦，邂逅了彼此。」

也就是奇幻故事吧。哈羅德命令系統，停止追求現實合理性的程序。他將思考切換成分析哲學命題的方向——這時候，飾演數學家的演員向阿米客思說道：

『那裡真的是不同的時代嗎？你究竟是什麼人？』

『我跟你一樣是人類。』阿米客思答道。『如果你不相信，就儘管測試我吧。』

兩人的對話很明顯是在暗指圖靈測試。

圖靈測試——這是數學家艾倫．圖靈於一九五〇年提出的測試方法，目的是驗證「機械是否具有如同人類的智慧」。方法很簡單，由審查員透過螢幕以文字與對方溝通。受測者之中一個是人類，另一個是機械。只要機械沒有被拆穿真面目，就會被認為具有智慧，通過測試。

舞臺上的數學家以為阿米客思是人類，坦然與他深交——哈羅德並不討厭人類創作的藝術。不論是繪畫、音樂還是戲劇，每次欣賞這些作品，感覺就像是為系統上了潤滑油。

哈羅德暗中觀察身旁的萊莎。

她正認真地觀賞舞臺劇。那雙眼睛注視著舞臺，眼神帶著某種熱切的情緒，纖長的睫毛染上了燈光的顏色。

回過神來，自己又再次憶起了埃緹卡的容貌。

哈羅德想起的是前幾天在分局巧遇她的事。走出電梯時，她用有些缺乏自信的眼神筆直望著自己，就連聲音的顫抖方式，哈羅德都記得很清楚。

——『就算搭檔不是我，應該也不會礙到你才對。』

她說得沒錯。

實際上，即使埃緹卡不在身邊也沒有任何問題，一切都很順利。

不管跟誰搭檔，肯定都一樣。如果只是要找出殺害索頌的犯人，埃緹卡或萊莎都可以——既然是具備相同能力的電索官，那就沒有多大的差別。她的主張是正確的。所以，自己不該再滿腦子想著關於埃緹卡的事。

可是，再怎麼掙扎都無法控制。

不管關閉幾次，思考迴路仍然會繼續處理那些資訊。

為什麼？

情感引擎挑起那種來路不明的感覺——其中也混合了些微的煩躁。最初要求對等關係的人是埃緹卡，哈羅德認為自己已經付出努力。但她別說是依靠自己了，甚至選擇一個人承擔。埃緹卡連哈羅德的關心都不接受，單方面告別了他。

不過最令哈羅德感到氣憤的是無法解讀其煩惱的自己。

舞臺劇進入最後一幕，數學家得知阿米客思的真面目是機械。自己的測試無法得出真相的事實讓他大受打擊，於是他疏遠了阿米客思。

面對封閉內心的數學家，機械拋出了這句話：

『並不是你的測試失去了價值，而是我們太過接近人類了。』

如果自己真的很接近人類，應該就能更容易地理解埃緹卡了吧。

舞臺劇結束的時候，大約是晚上十點。

在如雨的溫暖掌聲之中，舞臺的燈光漸漸暗了下來——觀眾開始準備離去的時候，萊莎與哈羅德也站了起來。系統的某處仍然殘留著無法處理的情感，但哈羅德還是有享受到舞臺劇的樂趣。

「那個阿米客思幾乎是主角呢。」萊莎似乎還沉浸在劇情中。「而且，演技也非常精湛。他該不會也是次世代機型？」

「也許是喔。」學習臺詞的抑揚頓挫與不同情境的表情，對阿米客思來說並非難事。不過，還是不要破壞她的美夢比較好。「非常謝謝妳今天的邀請，萊莎。」

「很高興你看得開心。對了，我們下次再——」

事情就發生在萊莎邁出步伐的時候。

突然間，從上一層座位伸出的手臂將她推了出去。

由於事情發生得太突然，哈羅德沒能及時反應——自己還來不及接住她，她就跌落到下方的座位了。所幸那裡空無一人，沒有波及周圍的觀眾。

「萊莎！」

哈羅德趕緊跳下階梯——萊莎用手撐住地面，勉強起身。就算四周的光線很暗，也能清楚看出她露出的手肘破皮了。

「怎麼回事？」萊莎茫然抬起頭。「剛才有人把我……」

哈羅德往那個方向望去——兩個年輕人混在人群中，正要離開現場。哈羅德用視覺裝置放大影像，偵測到兩人脖子上的小小刺青。

「E」。

YOUR FORMA

畢竟是在黑暗之中，萊莎恐怕沒有看到。

「我們追上去吧。」

「等一下。」她哀號。「對不起，我站不起來。腳好像扭到了……」

哈羅德猶豫了一瞬間——如果是優先遵守敬愛規範的阿米客思，應該不會把萊莎留在原地。雖然令人擔憂，但此刻應該放棄追蹤，留在這裡。

哈羅德無奈地如此判斷，小心翼翼地伸手扶起她，讓她坐到座位上。萊莎撿起掉落的高跟鞋，穿回腳上。她的膝蓋也滲出了淡淡的血。

「妳需要包紮。」

「其實沒有看起來那麼痛，我沒事。」萊莎這麼逞強，不過似乎還是無法走動。

「你有看到推我的人長什麼樣子嗎？」

「有的，對方是〈E〉的信徒。」

她露出驚訝的表情，再次回頭望著他們消失的方向。

「竟然也出現在這種地方……是因為我帶著你，他們才會盯上我嗎？」

「很難說呢。現場應該也有其他帶著阿米客思的觀眾才對。」

況且，反科技主義的信徒恐怕不會想觀賞有阿米客思演出的舞臺劇——真要說的話，對方的目標或許就是萊莎本身吧？畢竟她是電子犯罪搜查局的一員。雖然她與知覺犯罪無關，也有可能是信徒看了那則貼文之後，終於開始參與「遊戲」了。

即便如此——一般人通常無法閱覽個人資料。

剛才那兩個人怎麼會知道萊莎是電索官？

「萊莎，妳今晚要回哪裡？」

「我打算回自己的公寓，因為我已經三天沒回家了……」

「那麼，我送妳回家吧。」

「謝謝你。」萊莎一臉尷尬地搓揉扭到的腳踝。「不好意思，我好像只能接受你的好意了。」

「別這麼說。沒有保護好妳，是我不對。」

「……這就是你們的敬愛規範嗎？」

哈羅德微笑，靜靜地用肩膀攙扶她。萊莎乖巧地倚靠著哈羅德。

*

萊莎的家位於面向索恩河的皮爾席茲街——一棟小巧公寓的三樓。

「真的很抱歉，還讓你送我到這裡……」

一踏進客廳，一股柑橘類精油的香氣便飄了過來。室內的色調統一為清爽的蘋果綠，從對開的法式落地窗往外眺望，可以清楚看見下方的索恩河。家家戶戶的燈光映照在水面上，搖曳得十分夢幻——哈羅德扶著萊莎，讓她在沙發上坐下。她馬上呼喚了家政阿米客思。

「克蕾。」

「我拿急救箱來了。」

量產型女性阿米客思走了過來，開始幫忙替萊莎包紮。她消毒傷口，對扭傷的腳踝噴上具有消炎作用的冷卻噴霧劑——克蕾的頭髮編得很精美，還用可愛的髮夾固定。看來萊莎相當溺愛這個阿米客思。

哈羅德重新偷偷觀察屋內。家中收拾得很整齊，裝飾也費盡心思。只不過，這樣的空間只供一個人生活似乎稍嫌寬敞。她也替克蕾安排了房間嗎？

「哈羅德，請坐。」萊莎看著克蕾幫自己包紮的手。「你還不能回去喔。」

「當然了。關於推了妳一把的那兩個人，我必須找課長討論。」

「你說得對。另外，也讓我答謝你吧。」

廚房忽然傳來細微的聲響。克蕾剛才似乎在爐子上煮東西——哈羅德趁萊莎她們不注意，走向廚房。

廚房擦拭得很乾淨，也收拾得井然有序。ＩＨ電磁爐上放著不鏽鋼開水壺，裡面的水正在沸騰。從旁邊的濾杯與咖啡粉可以得知克蕾原本打算替萊莎泡咖啡。

哈羅德關掉ＩＨ電磁爐的電源，打開櫥櫃想取出馬克杯。餐具數量並不多，杯盤與刀叉等餐具都分別備有兩人份。哈羅德也順便往垃圾桶裡面瞄了一眼。

看來她果然還有克蕾以外的同住者。

而且對方已經有好幾個月沒回來了。

哈羅德泡了咖啡端到客廳，萊莎便露出明顯的驚訝表情。她的包紮才剛完成，克蕾正在收拾急救箱——阿米客思看了哈羅德一眼，卻一語不發地立刻離去。

「我搶走了她的工作，希望她沒有感到不悅。」

「克蕾不會介意的。」萊莎接過哈羅德遞出的馬克杯。「謝謝，你真體貼。」

「妳的傷還好嗎？」

「疼痛舒緩了很多。」她喝起咖啡。「我已經沒事，到了明天應該就能走路了。」

「請千萬不要勉強。」

「我真的沒事，因為最近的急救箱很有效……」

對話無意間中斷——萊莎把馬克杯放到桌上。她的修長雙腳已經脫去高跟鞋，換上了拖鞋（Chausson）。應該是克蕾替她換上的吧。膝蓋的傷口已確實貼上免縫膠帶。

哈羅德的目光飄向化為室內裝飾的暖爐。

「妳的同住者已經離家很長一段時間了吧？」

萊莎靜靜地睜大眼睛——似乎答對了。

「你怎麼知道……我這麼問你是不是有點滑稽？」

「這也算不上什麼推理，只是因為櫥櫃裡有兩個同樣的馬克杯而已。」哈羅德說著，將視線轉回她身上。「對方是妳的情人嗎？」

「是我哥哥。」萊莎擺出有些遲疑的笑容。背後似乎有什麼隱情。「我們感情很好，但遇上了一些問題……他目前住在別的地方。」

「妳一定很寂寞。」

「嗯，但還有克蕾陪著我。」她簡短地回答，再次拿起馬克杯。喝了一口咖啡後，她似乎轉換了心情。「對了，關於剛才的事……你有看到推了我一把的那兩個人長什麼樣子吧？」

「是的，對方是兩個年輕男子。」

「如果還保存在你的記憶裡，能不能傳送照片給十時課長？只要對照使用者資料庫，應該就能查出他們的身分了。」

原來如此。這個方法不只省力，也很確實。「如果能幫上忙，我很樂意。」

「克蕾，妳能拿電腦和纜線過來嗎？」

過了不久，克蕾帶著平板電腦與ＵＳＢ纜線回來了——哈羅德接過這些東西，在萊莎的身旁坐下。大馬士革玫瑰的香水散發出輕柔的香氣。

「我說哈羅德——」她忽然轉頭望過來。「可以讓我滑開你的左耳嗎？」

出乎意料的提議讓哈羅德不禁微笑。「克蕾的治療好像很有效呢。」

「第一次看到的時候，我就很感興趣了。」

「當然沒問題，但希望妳別弄壞它。」

「別看我這個樣子，我其實還滿靈巧的喔。」

萊莎的溫暖手指輕輕觸碰哈羅德的左耳，然後小心地滑開。手法確實很靈巧——她將纜線插進露出的連接埠，再接到腿上的平板電腦。記憶系統被外部裝置叫出，脫離哈羅德的管轄。

不久，前段時間的記憶便化為靜態圖，一一排列在畫面上。

「找到了，就是這張。」

萊莎選取一張照片——以羅馬劇場為背景，那兩名信徒出現在照片中。兩者都是長相隨處可見的法國人，年齡恐怕還不到二十歲。除了脖子上有「Ｅ」的刺青以外，服裝並沒有什麼顯眼的特徵。

「這兩個人好像都是學生，上個月才通過高中會考（Baccalauréat），確定要進入大學就讀。」萊莎似乎用YOUR FORMA在使用者資料庫搜尋了他們的長相。「竟然為了〈E〉葬送自己的人生……真是太傻了。」

「萊莎，妳覺得他們有發現妳是電索官嗎？」

「咦？」她一臉疑惑。「什麼意思？」

「剛才也有提到這個話題，也就是〈E〉針對知覺犯罪案件發表的陰謀論。信徒的目標是電子犯罪搜查局，但至今都沒有犯下引人注目的案件。不過……」哈羅德停頓了一下。「假如他們是為了『遊戲』才攻擊妳呢？」

萊莎似乎是第一次考慮到這個可能性。她張開色澤漂亮的嘴唇，又再度閉上——最後終於說道：

「可是……我跟知覺犯罪無關啊。」

「沒錯。但既然他們的目標是電子犯罪搜查局，妳就很有可能遭到波及。」

「就算真是如此，那些信徒又是從哪裡得知我的身分的？」

「我也不清楚，若〈E〉正如假設是一名怪客，應該不缺竊取資訊的手段。又或者，妳是否認識什麼可能會出賣妳的人？」

「沒有，我當然不認識那種人。不……」她的表情明顯沉了下來。「對不起，我剛才對你說謊了。我或許不算是與知覺犯罪完全無關。」

哈羅德皺起眉頭。「這話是什麼意思呢？」

「我……」

萊莎猶豫似的輕咬嘴脣內側。她的神情與先前的坦然態度截然不同，甚至顯得有點懦弱──廚房傳來細微的聲響，是克蕾引起的嗎？

現場恢復寂靜。

遠方的車發出短促的喇叭聲。

突然間，萊莎的手臂伸向哈羅德──就這麼環抱住他。柔軟的身體緊貼著哈羅德，暗金色的髮絲輕撫他的臉頰，淡淡的護髮油香氣占領了嗅覺裝置。

這個舉動很突然，但哈羅德並不特別感到驚訝。

「萊莎……」哈羅德思考不到一秒，溫柔地回以擁抱。「妳怎麼了？」

萊莎一改先前的態度，呼吸短促得像是陷入了苦惱。

「我想〈E〉應該……知道我哥哥的事。」

「這話怎麼說？」

「我哥哥──也跟我一樣，是個電索官。」

在耳邊低語的聲音令人刺痛。

「我哥哥當時正在協助偵辦知覺犯罪案件……電索了巴黎的感染者。他累積了不少疲勞，身體狀況明明不好，卻因為案件分秒必爭而被迫上場……他當時的狀態根本不適合潛入，所以……」萊莎吞嚥口水，痛苦地說著。「所以──」

哈羅德為了安撫她，輕輕撫著她的背。

好幾個月未歸的哥哥。

這只代表了一件事。

「妳的哥哥『故障』了吧？」

萊莎的手臂抱得更緊了。

「嗯。」她的聲音幾乎只剩嘆息。「他引發自我混淆……已經無法跟人對話了。」

自我混淆──這是電索官故障的其中一種症狀。由於疲勞而無法順利處理資訊等原因，導致負荷超過容許範圍，就有可能引起這種症狀。據說電索對象的機憶會與自己的記憶互相混淆，使電索官無法分辨究竟何者是自己的經歷。嚴重的情況甚至會損壞人格，在分類上屬於精神疾病。

換句話說，只能緩解，難以痊癒。

「這一定是我的報應。」萊莎似乎真的這麼相信。「因為只有我保持健康，悠閒地繼續工作……雖然這麼輕的傷或許算不上什麼懲罰。」

「這種說法並沒有根據。」

「我當然知道。可是，我就是忍不住這麼想。」

哈羅德無法體會人類關心兄弟姊妹的情感。至少對他而言，自己所懷抱的手足之情與人類完全不同——不過，他仍然能充分理解其中道理，也能感受到萊莎的絕望。

「妳說過，妳跟妳哥哥的感情很好吧。」

「嗯，我們只差一歲……因為我們家的父母不是很稱職……」萊莎無助地將臉埋到哈羅德的肩膀。「我總是跟哥哥和克蕾，三個人一起克服許多難關。」

「妳哥哥目前在哪裡呢？」

「他在安養機構。雖然這麼說很令人難過……光靠我和克蕾沒辦法妥善照顧他。」

「妳的哥哥一定也能感受到妳的心意。」哈羅德用手指梳開她的頭髮，就像安慰孩子一般摸摸她的頭。「妳每天都一個人，肯定很難受吧。真可憐。」

「沒關係……我每兩天就會去見哥哥一次。」萊莎深呼吸，試圖讓心情平靜下來。「哥哥他……原本就不喜歡電索官的工作。可是，現在的社會並沒有寬容到可以違抗適性診斷，從事別的工作，對吧？」

「全都要怪我們阿米客思或其他機器人呢。」

「不對，不是那樣的。哥哥也非常喜歡你們，所以老實說……」她似乎把某些話吞了回去。「如果不只是適性，也具備才能就好了。我想，大多數的電索官都覺得『如果自己是天才就好了』。」

如果是天才。

如果不是只因為適性就被推上職位，成為等著被消耗的棋子，而是真正的天才——

「就像冰枝電索官那樣？」哈羅德低語，萊莎便微微抖了一下肩膀。「不過，就連被譽為天才的她也淪落至此了。」

「……………嗯，的確。或許我錯了。」

「萊莎，請妳一定要好好照顧自己。」

「對不起，我太激動了。」她推開哈羅德的胸口，改為抱住平板電腦。「……因為你們太溫柔，我就會忍不住依靠你們。我這樣可不行呢。」

「我很榮幸。畢竟我們的存在本來就是為了幫助人類。」

哈羅德為了讓萊莎放心而露出微笑，然後定睛注視著她的標緻臉龐——她回以情緒潰堤的眼神，焦黑的眼瞳透著淚光，在睫毛下搖曳不定。

哈羅德主動觸碰她的手，輕輕將緊抓平板電腦的一隻手拉過來握住。觸感已經不再冰冷，就像其他人類一樣溫暖。

「哈羅德……」

「萊莎，如果我的推測是錯的，希望妳能糾正我。」她的手指傳來些許緊張。「妳是不是想知道那則關於知覺犯罪的貼文是真是假？就是因為如此，妳剛剛才會提起這個話題吧。」

萊莎似乎一瞬間屏住了呼吸。

「那只是普通的閒聊而已。思想誘導根本不可能，太玄了。」

「這裡並沒有人類。就算對象是阿米客思，妳也不願意說實話嗎？」

「…………我相信搜查局。」

萊莎將平板電腦緊緊抱在胸口，低下頭來。她的手掌微微滲出了汗。

「〈E〉的貼文毫無根據，曾偵辦知覺犯罪案件的我可以向妳保證。」

「我當然也這麼想。哥哥賭上性命偵辦的案件並沒有被掩蓋什麼。」

她的口氣就像在說服自己——當然了，哈羅德的主張是謊言。知覺犯罪當時，泰勒確實進行了思想誘導。不過，如果無知能維護人心的穩定，謊言就應該優先於真相。

或許是身為阿米客思的「良心」讓自己做了這個決定。

無論如何，自己仍然不知道萊莎願意相信到什麼地步。

「遭逢變故就會想找理由，是人類的壞習慣呢。」她拔除平板電腦的纜線。「我會把剛才的照片傳給十時課長的。」

「好的，麻煩妳了。」

「哈羅德。」

萊莎伸手取下插進自己的連接埠的連接頭——她稍微踮起腳尖，嘴脣觸碰到哈羅德的臉頰。

「……謝謝你。」

萊莎恐怕比她自己所想的還要笨拙。

## 4

對比加來說，與母親之間最美好的回憶是寒冬中的冰冷夜空。

「比加妳看，那就是薩米人祖先的兒子們。」

孩提時代——冬天的每個晚上，比加都會坐在母親的腿上仰望滿天星斗。群青色的記憶到了今天，仍然會與滲透空氣的寂靜一同在腦海中復甦。

「妳還記得上次的故事嗎？」母親用凍得乾裂的手指指出獵戶座的三顆星。「很久很久以前，太陽的兒子降臨在我們的大地，娶了一個新娘。然後呢？」

「他們夫妻生下了三個兒子！」

比加精神飽滿地回答，母親便溫柔地撫摸她的頭髮。「答對了。」

「然後啊，那些兒子有刀子、鍋子和箭。」比加想得到更多讚美，於是回想母親先前說過的故事，指著天空說道。「然後太陽的兒子就……嗯～～是哪顆星星呢……？」

「那麼，星空的釘子在哪裡？」

「在那裡！」

比加踢著小小的雙腳，從母親的腿上跳下來。她仰望北極星（星空的釘子），跳舞似的轉起圈來——因為轉到頭暈，比加一屁股跌坐在地。乾爽的雪一下子飄了起來。

「妳這孩子真是靜不下來。」

母親似乎也拿比加沒辦法，牽著她的手拉她站起來——比加非常喜歡來自母親手指的微溫。因為太高興了，她緊緊抱住母親，母親也溫柔地回以擁抱。真希望可以一直這樣下去。

可是——

「真是個愛撒嬌的孩子。」

忽然間，比加在微笑的母親身後看見了那個東西。

劃過夜空的一道光芒。

「啊……」

比加微微倒抽一口氣。

對他們薩米人而言，流星象徵了「終結」。據說更久以前的人們深信流星墜落的地點會起風——但比加沒來由地感到害怕，於是更用力抓緊了母親。她覺得若是不這麼做，母親就會立刻被流星帶走。

從不久前開始，母親的身體狀況就不太理想。

上個週末，父親帶著母親去拜訪了凱於圖凱努最值得信賴的開業醫師。兩人回來後對負責看家的比加說「沒什麼好擔心的」，但她都知道。每天晚上，比加都會聽到父母談話的聲音——開業醫師似乎建議母親前往技術限制區域之外的醫院接受診療。

『我不想離開這裡。』母親當時這麼說道。『如果要去外頭的醫院，被線人的技術玷汙，我寧可在有馴鹿陪伴的這個地方靜靜長眠……』

『現在還說不準。』父親握住母親的手。『我們去拜託愛德他們吧。他們都是優秀的生物駭客，一定也能做出治好妳的藥。』

『別說了，我不喜歡那種技術。因為是工作，我已經接受現實，可是坦白說——』

自己偷聽了對話的事，比加當然沒有告訴父母。她的幼小心靈也能理解那是不能觸及的事。

「比加，我們差不多該回屋子裡了。我還得繼續織掛毯呢。」

母親溫柔地牽著比加的手，並沒有注意到流星。

「……那條掛毯也要拿去奧斯陸賣嗎？」

「那是要掛在家裡的。我用堅韌的染色絲線來刺繡，就算到妳長大成人以後也不會褪色喔。」

「我已經長大了啦！」

「是是是。」

比加緊緊握住母親的手——母親慈祥地唱起薩米人的傳統歌謠（Joik）。我年幼且可愛的獨生女啊——即興創作的歌聲融在銀白色的夜晚中。

季節交替一輪——比加九歲的冬天，母親去世了。

那個晚上，窗外也有流星滑落。母親逐漸冰冷的手不再柔軟，臉頰也像緊貼骨骼般僵硬。比加最愛的那股暖意全都一去不復返。

前往限制區域之外應該就能治好她的病。

但母親與父親以及周遭的所有人都沒有選擇這麼做，他們甚至不讓比加選擇。

所以，比加自己也一直說不出口。

——『要不是堅持否定機械、堅持維護自尊，媽媽或許就能得救了。』

可以的話，她不想說出如此差勁的言論。母親如果聽到，一定也會很難過。
可是，自己已經不想再視而不見了。

*

「我們生物駭客會在獨立的時候接受『儀式』。」
奧斯陸大學醫院的病房裡充滿了消毒劑的氣味——埃緹卡與比加一起坐在窗邊的沙發上。時間已經進入深夜，院內寂靜無聲，頂多只能偶爾聽見掃地機器人經過時的馬達聲響。
病床上，比加的父親——丹尼爾正在沉睡。
在機場被捕後不久，丹尼爾突然失去了意識。
在那之後，醫護人員趕到了現場。簡易診斷ＡＩ發現他全身的血氧濃度都降低了，所以他被緊急送往奧斯陸市內的大學醫院。
據比加所說，原因在於「儀式」。
埃緹卡不禁一臉疑惑。「儀式是指？」
「簡單來說，就是將可以進入假死狀態的晶片植入脖子。」比加深深低著頭。她的手上拿著執刀醫師從丹尼爾體內摘除的方形極小晶片。「例如在受重傷時保命，重點是在被搜查局逮到時逃避查緝……雖說是假死狀態，最多也只能維持幾個小時。」

據說這種晶片能刻意改變體內的氧氣結合，一口氣降低代謝，達到假死的目的——效果只能持續兩個小時左右，但恢復意識以後也不會造成神經障礙，是一種「魔法般的技術」。只不過，這招不一定會成功。

「好像有很高的機率會失敗，所以實際上很少人會用到，幾乎只是一種形式……」她早已開始哭泣。「我沒想到爸爸會做到這個地步。」

埃緹卡轉頭望向丹尼爾——他緊閉著乾燥的眼瞼。手術剛剛才結束，接下來只等他甦醒，但目前仍然沒有恢復意識的跡象。

據主治醫師所說，他的狀態很穩定。

「這麼做實在太危險了。我從來沒聽說有哪個醫療機構會做這種事。」

「這是生物駭客自行研究，然後開發出來的方法。我也覺得這只是自殺式的行為。」比加握住晶片。「可是……大家還是覺得這樣總比被YOUR FORMA使用者抓到來得好。他們覺得就算失敗而死，那也是自己的天命。」

很諷刺吧——她自嘲似的笑著說道。

「我們明明這麼抗拒YOUR FORMA，自己卻只能靠同樣的科技過活……」

YOUR FORMA

忽然間，埃緹卡想起丹尼爾發出的怒吼。

——『這孩子一離開這裡就活不下去。』『你們大概無法體會吧。』『像你們這種把靈魂出賣給機械縫線的人……』

埃緹卡不知不覺咬緊牙關。

鼓勵比加成為民間協助者的人就是自己與哈羅德。老實說，埃緹卡對他們的堅持算不上有深刻的了解——然而丹尼爾等人以生物駭客的身分做出的行為屬於明確的犯罪，據說其存在本身甚至有可能助長黑社會組織的勢力。

另一方面，如果能得到正當的工作，薩米人就會立刻從生物駭客的工作收手吧。然而，他們過去作為副業的一級產業早已改用機器人或阿米客思來取代人力。從人事費用與工作效率等觀點來看，政府與企業都不想走回頭路。

換句話說，這是一朝一夕無法解決的複雜問題。

「現在才這麼說有點晚了……我擅自行動，真的很抱歉。」比加用虛弱的語氣說道。「我滿腦子只想著自己的事……就是因為這樣才會害冰枝小姐受傷。」

埃緹卡這才發現，她是指自己當時一個人闖進信徒們的酒吧這件事。

「我沒什麼大礙。」埃緹卡觸碰嘴脣的傷口給她看。「在那種情況下，任誰都會驚慌失措。」

「就算是那樣，我也真的很蠢。」

「別這麼說。」埃緹卡想鼓勵比加，於是輕撫她的背。「丹尼爾先生是什麼時候發現妳當上民間協助者的呢？」

「我不知道，但他或許在知覺犯罪案件不久後就察覺了……沒想到他還調查了關於妳的事。」

「一定是因為他很擔心妳吧。」

比加的眼睛變得紅通通的，因為她已經啜泣了好幾個小時。說著說著，她的雙眼又再次泛起淚光。

溫柔得無情的寧靜侵蝕著彼此。

「我以前一直覺得，生物駭客是一份能幫助他人的偉大工作。」比加的視線落在腳尖上。「我的父母都這麼說，而我自己也相信……可是隨著年紀增長，我才開始發覺不對勁。」

「妳會這麼想，是因為李的事嗎？」

「那或許是關鍵的契機。不過，其實是從更久以前開始的。」她哽咽了一下。「小時候……我媽媽死於癌症。發現腫瘤時，如果馬上去大醫院接受完善的治療，應該就能治好她。可是，我媽媽不願意離開技術限制區域。」

比加說父親也尊重母親的意願。她說對父母而言，尊嚴比生命更重要。

「我無法理解。尊嚴確實很重要，但媽媽過世更讓我難過……可是，大家好像都不這麼想。我對誰都說不出口，還覺得是不是自己錯了。」

埃緹卡默默環抱比加的肩膀——自己只能做到這些。無法理解她的痛，反而令埃緹卡更難受。比加在父母的關愛之下長大，她深愛著家人，對母親的死感到悲傷。

但過去有多幸福，離別的悲痛就有多深刻。

「妳有跟丹尼爾先生說過這些想法嗎？」

「沒有。」她擦了擦眼睛。「等他醒過來……我要好好跟他談談。然後，還要問他是不是真的在幫助〈E〉……」

身為生物駭客的丹尼爾崇拜〈E〉的理由就跟機械否定派一樣，顯然是基於思想方面的觀點。但到目前為止，〈E〉本身從來不曾提及自稱「使者」的協助者。

丹尼爾也主張「自己只是借用〈E〉的名義而已」。

YOUR FORMA忽然跳出毫無顧忌的通知——是來自佛金搜查官的訊息。他原本正跟謝多夫一起追捕丹尼爾的兩個同夥。他們似乎已經順利逮到對方，暫時移送到奧斯陸市內的警局了。

文末補上了這句話：

〈我剛到醫院的停車場。妳能出來會合嗎？〉

「抱歉，我要離開一下。」埃緹卡輕輕放開比加。「妳一個人可以嗎？」

「我沒事的。佛金搜查官找妳嗎？」

「嗯，他們好像抓到另外兩個人了。」

「這樣啊……我沒關係，不用擔心我。」

比加堅強地點頭回應。埃緹卡當然很擔心她，但就算繼續待在這裡，自己頂多也只能陪著她。為了她好，現在應該繼續搜查才對。

埃緹卡從沙發上起身，直接往病房外走去——又在門口停下腳步。

「比加——」埃緹卡猶豫著，回過頭來。「那個……如果妳不想當民間協助者了，就告訴我一聲吧。雖然不容易，我還是能幫上妳的忙。」

畢竟一開始就是我把妳牽扯進來的——埃緹卡把這句話吞了回去。

不知道比加究竟是怎麼想的——她先是按了哭紅的眼睛，然後又露出僵硬的笑容。

「正好相反，冰枝小姐。」

比加的聲音就像在故作開朗。

「……相反？」

「我不想當的……大概不是民間協助者。」比加一瞬間試圖吞下眼淚。「可是那樣一來，我就沒辦法再跟爸爸他們在一起了……」

我得再仔細思考一陣子——她低聲說著，生硬地揮揮手。

埃緹卡這次真的離開了病房。

胸口沒來由地感到苦悶。

不過，這終究是比加自己必須解決的問題。

所以——認為自己毀了她的生活，恐怕是一種非常傲慢的想法吧。

一來到停車場，一陣冷得不像夏天的夜風便吹了過來。

佛金搜查官靠著休旅車的車頂。他的頭髮很亂，夾克上還沾了泥巴之類的汙漬。看來他經歷了一場激戰——埃緹卡走過去，他便一臉倦怠地轉過頭來。

「妳的臉色真難看啊，冰枝，肚子餓了嗎？」

「你才應該照照鏡子。」埃緹卡也仿效佛金，背靠著車身。「辛苦了。你們是在哪裡逮到那兩個人的？」

「在瑞典的國境。他們好像是先切斷平板電腦的定位資訊，然後才兵分二路。聽說他們原本打算橫越瑞典和芬蘭，回到故鄉莫曼斯克。」

埃緹卡不禁皺起眉頭。

「丹尼爾當時打算搭上飛機。這麼說來……他們是為了逃過我們的追捕，才計劃經由不同的路線逃走嗎？」

「不，聽說只有丹尼爾還有別的工作。他們說自己原本就打算在離開酒吧之後分頭行動。」

「有什麼證據嗎？」

「在這裡。這是從丹尼爾的隨身物品裡搜出來的。」

他從口袋中取出的東西是證物的收納袋，袋子裡裝著現在已經很少見的紙本機票。機械否定派搭乘飛機時都會用到這個。

那個時候，丹尼爾在報到櫃檯被攔了下來。他不可能買得到當日的機票，所以應該是從自動售票機領取了事前預約的機票。

目的地是——

「……里昂？」

埃緹卡不禁望向佛金的臉，他則聳了聳肩。

「雖然不知道他們跟〈E〉有沒有關聯，但也不能斷定沒有調查的價值。畢竟他在當時的情況下，竟然還想帶著女兒飛到那邊去。」

「可是，丹尼爾不是主張『自己只是借用〈E〉的名義而已』嗎？」

「另外兩個人也嚷嚷過同樣的話。我調查了他們手上的裝置，並沒有實際跟〈E〉聯絡的證據。不過就算他們是受僱於〈E〉，那傢伙應該也不會留下痕跡吧。」

「既然無法電索丹尼爾，就很難判斷他們究竟是串供還是真的與〈E〉無關了。」

這就是未植入YOUR FORMA的機械否定派最棘手的地方——就算要繼續偵訊，花費的時間也會比採用電索的情況多上好幾倍，必須有所覺悟。

「只不過——」佛金邊說邊撫摸自己的後頸。「謝多夫說過，那家酒吧的老闆好像也認識丹尼爾他們。丹尼爾恐怕是為了擴大〈E〉的勢力，才會把那家酒吧當作信徒的聚會地點，並自稱『使者』。」

那是怎樣？「既然如此，他們跟〈E〉沒有關聯的假設不就更牽強了嗎？」

「我也這麼想，但他們有可能只是狂熱的粉絲。我是不打算輕信他們的主張，不過對真的因為科技陷入困境的人來說，〈E〉大概是很值得膜拜的救世主吧。」

這種心情實在非常難以理解，但也無法否認——畢竟〈E〉從來沒有露出任何馬腳。事到如今才僱用「使者」之類的可疑人物也令人不免懷疑。

無論如何，丹尼爾本身就是會使用裝置向YOUR FORMA使用者承接工作的生物駭客，他應該很容易得知〈E〉的存在。

「不管怎麼樣，他們三個人確實都認同〈E〉的思想吧。」

不過除非丹尼爾恢復意識，或是想辦法證實另外兩個人的證詞，否則搜查都很難有進展。即使要繼續偵訊，只將心力投注在這裡也是浪費時間。

既然如此——

埃緹卡看著佛金搖晃的機票。

「我們大概在想同一件事。」他瞥了埃緹卡一眼。「欸，聽說里昂的果仁糖塔很好吃耶，就是看起來紅通通的那種。」

埃緹卡忍不住露出傻眼的表情。這個人真是沒救了。

「請你聯絡總部的搜查支援課。我負責訂機票。」

埃緹卡這麼說著，無意間想起前往里昂總部的哈羅德。

# 第三章——火花

# 1

法國里昂——國際刑事警察組織面對隆河沿岸的夏爾戴高樂街，玻璃外牆就像方方正正的箱子，充滿設計感，在保留古典景觀的街道顯得有些格格不入。

「我今天早上接到聯絡，〈E〉的案子要由搜查支援課（我們）和電索課共同偵辦。」

「……這話怎麼說？」

埃緹卡與佛金並肩站在入口的安檢門內。確認為本人的生物認證與簡易全身掃描在幾秒內結束，於是兩人穿越大廳——陽光從打通的天花板灑落，照亮了印在地面上的INTERPOL標誌。抬頭就能看到樓上的迴廊及膠囊般的電梯，甚至還有茂盛的植物，所以與其說是待在建築物內，給人的印象更類似中庭。

埃緹卡他們在昨晚抵達里昂——比加的父親丹尼爾所持有的機票目的地正是里昂。為了查出丹尼爾與〈E〉的關聯，他們才會向總部的搜查支援課申請許可，來到這個地方，不過——

「為什麼要跟電索課合作？」埃緹卡忍不住發問。「現在應該還不到出動電索官的階段才對。」

「誰知道？」佛金挑起眉毛。「總之上頭要我們先別去搜查支援課，直接去電索課報到。聽說他們會負責指揮……妳可以嗎？」

「畢竟是工作。」埃緹卡保持堅決的態度回答。「謝多夫搜查官有聯絡我們嗎？」

「沒有。大概還要好一段時間才會有進展吧。」

謝多夫一個人留在奧斯陸，他要跟當地警察合作，繼續偵訊被捕的丹尼爾的同夥，同時詳細搜查〈E〉信徒的聚會地點（酒吧）。

「比加那邊呢？」

「沒什麼消息。」埃緹卡搖搖頭。「丹尼爾的意識大概還沒有恢復吧。」

老實說，埃緹卡實在不忍丟下那個狀態的比加，但也無可奈何。謝多夫說自己會抽空去探望她，但這對她來說或許不是什麼開心的事。

埃緹卡與佛金前往位於四樓的電子犯罪搜查局總部電索課。寬敞的辦公室裡也有埃緹卡認識的搜查官，所幸並沒有人關注他們——兩人直接造訪電索課長專用的辦公室。入口的門是敞開的，但佛金先敲了門再走進去，埃緹卡晚了一步才跟上。

憂．十時課長穿著一如往常的灰色西裝，坐在辦公桌前。

「你真早到，佛金搜查官。」她從辦公桌的內建電腦上抬起視線。「冰枝也辛苦了，聽說妳在奧斯陸遇上了麻煩。」

十時以一如往常的態度對待埃緹卡，讓她相當感激。

「關於那張機票的事，課長應該也知道。」佛金說道。他與十時是第一次見面，但對可以閱覽個人資料的搜查官來說，省略自我介紹已經是慣例。「請問為什麼要我們在這個階段跟電索課合作呢？而且，我聽說指揮權已經轉移到課長這邊了。」

「放心吧，我的原則是善待部下與貓。」十時不苟言笑地回答。「其實前天晚上，我們課的羅賓電索官被〈E〉的信徒襲擊了，所幸只受到輕傷。」

羅賓電索官——埃緹卡發現十時指的是哈羅德的新搭檔。

「所以，電索課也無法坐視不管了，是嗎？」

「沒錯。我們與搜查支援課合作，在昨晚逮捕了信徒。剛才正好開始電索。」十時似乎瞄了一眼YOUR FORMA的通知。「高層好像想對媒體公布電索官已投入搜查的事情呢。」

「換句話說，目的是牽制他們吧。」

聽著兩人的對話，埃緹卡感到懷疑。真的會那麼順利嗎——在奧斯陸的酒吧攻擊自己的信徒，其憎恨是貨真價實，就像是一逮到機會就要伸張正義一般。光是電索官的投入，實在不太可能阻礙「遊戲」的進行。

「課長，今天是偶數日吧。」埃緹卡問道。「〈E〉有沒有什麼動作？」

「還沒有，他應該會跟平常一樣，在正午發文吧。不過……〈E〉除了那個討論串，或許還有其他手段能聯絡信徒。」

「那是什麼意思呢？」

「對於遇襲的羅賓電索官，〈E〉沒有發表任何貼文。」十時以嚴肅的表情說道。「嫌疑人都保持緘默，並沒有明說自己是知道她的電索官身分才盯上她的。我們希望能透過電索取得新的情報。」

「方便的話，我能旁觀電索的過程嗎？」佛金說道。

「當然沒問題。」

他一取得許可便快步走出辦公室——埃緹卡正想追上去的時候，無意間與十時對上了眼。她仍然面無表情，但看起來又帶著一點關心之意。

「冰枝，搜查支援課的工作如何？」

「……我想自己應該還做得來。」

或許該歸功於適性診斷。實際上，自己做起搜查官的工作並沒有遇到什麼障礙。她沒有像擔任電索官時一樣跟同事發生衝突，反而覺得現在工作得更順利。

所以——即使內心仍然有牽掛，她也說不出口。

「這樣啊。」十時露出放心的神情。「太好了。如果有什麼事，再找我商量吧。」

「——謝謝課長。」

埃緹卡說完，離開了辦公室。她努力甩開纏繞全身的某種感傷情緒，前往偵訊室。

打開門的瞬間，埃緹卡差點倒退一步。

因為站在雙面鏡前的佛金搜查官身旁，還有一個熟悉的德國人。

「冰枝？妳怎麼會在這裡？」

他是有著一頭亞麻色短髮與方正輪廓的電索輔助官——自己過去的搭檔，班諾・克雷曼。雖然上次的緊急會議有看到他的身影，但埃緹卡已經很久沒有當面見到他了。

「你好。」埃緹卡只能冷冷地打招呼。「我是來旁觀的。」

「旁觀？」班諾露出懷疑的眼神。這時候，他似乎從個人資料看到埃緹卡目前所屬的單位了。「啊……原來是這麼回事。請節哀順變。」

「克雷曼輔助官——」佛金喚道。「她潛入襲擊自己的對象，沒關係嗎？」

「上頭指名要找最優秀的電索官，好像是為了對外展現我們正在大舉追查〈E〉的態度。」

埃緹卡也望向雙面鏡。排列在裡頭的簡易床架上躺著兩個涉嫌襲擊的信徒，站在床邊的人是萊莎・羅賓電索官。她露出的膝蓋與手肘上都有免縫膠帶，貼著消炎貼片的腳踝看起來似乎很痛。應該是遇襲的時候受的傷吧。

一個客製化機型的阿米客思陪在她身邊。

埃緹卡稍微緊張了起來。

——哈羅德。

他跟最後對話時沒有什麼不同。不論是精巧的面容、右邊臉頰那顆淡淡的痣，還是用髮蠟撫平的金髮——埃緹卡不禁想起自己在電梯內跟他說過的話。

胸口不由自主地感到難受。

這兩個人竟然就是這起案件的負責電索官，到底為何會有如此巧合的事？

「不過，她還真厲害。」佛金在對班諾說話。「她連並行處理也辦得到嗎？」

「是啊。不過大概到一年前，她的數值都比我這個輔助官還要低。」班諾說道。

「據說她的資訊處理能力會持續提高，也就是所謂的『天才型』，而且還是一個漂亮得離譜的美女。」

「的確。適性診斷沒有叫她去當超級名模，簡直是大錯特錯。」

這兩個人真是——埃緹卡默默感到傻眼。

不過——如果班諾說的話是事實，自己之所以不知道萊莎這號人物，似乎不單是因為被周遭孤立。原因在於總部電索課的辦公室會依能力值分為兩處，自己離開總部已經是半年前的事了，當時萊莎應該還不在同一個辦公室。

資訊處理能力持續提高的案例非常稀少，但確實存在。

換句話說，她是「真正的天才」。

「克雷曼輔助官，電索結果出來之後也可以跟我們共享嗎？」

「當然可以。再過幾分鐘應該就會結束了。」

埃緹卡呆呆地望著哈羅德。他此刻應該正在追蹤傳送過來的機憶，但目光一直放在萊莎身上。他應該是想隨時做好準備，以便在搭檔有異狀時立刻反應。

不知為何，坐立難安的感覺更加強烈了。

「……佛金搜查官，我在辦公室等你。」

回過神來，自己已經走出偵訊室——雖然也可以繼續待在那裡，但埃緹卡總覺得自己就快要暴露幼稚的一面了。在走廊上每前進一步，現實就彷彿朝自己爬過來，感覺就像是有枷鎖束縛著雙腳。

自己已經再也無法恢復電索官的身分了。

留在手裡的，只剩下擅自懷抱的祕密。

——『如果妳改變心意了，想揭發真相也沒關係。』

忽然間，萊克希一個月前說過的話在腦中復甦。

如果能放手，確實會比較輕鬆。自己已經不是他的搭檔了。既然電索能力無法恢復，就沒有必要為了挽留配得上自己的輔助官，甚至是為了找人排解自己的孤獨而繼續背負罪過。

可是——

自己就是一點也不想那麼做。

究竟有多麼愚蠢呢？

埃緹卡拖著沉重的腳步走進辦公室——然後馬上察覺一股不祥的氛圍。放眼望去，電索課的成員都聚集在牆上的軟性螢幕前，其中也有十時的身影。

「課長，到底發生了什麼事……」

埃緹卡一邊對她發問一邊望向螢幕。

接著感到毛骨悚然。

就像上次的緊急會議，畫面上映著類似的討論串。埃緹卡這才發覺時間已經在不知不覺中過了正午。

螢幕上所列出的文章正是〈E〉的新貼文。

【罪大惡極的電子犯罪搜查局掩蓋了知覺犯罪案件的真相。

主導掩蓋的憂．十時上級搜查官在帕爾迪厄站南邊，五樓西側，與最愛的貓同住。追求真相，伸張正義吧。】

posted by E／14 minutes ago

「看來他們終於決定要徹底搞垮知覺犯罪的相關人士了。」

正如十時所言，〈E〉洋洋灑灑地列出了辦案搜查官的姓名、足以鎖定地址的線索，以及各種仇恨言論。個人資料曝光的搜查官將近十人，其中也包含班諾的名字。而且對象不僅限於總部，因知覺犯罪而出現感染者的世界各局都有搜查官被盯上。

「到底是怎麼查到這個地步的……」

十時這麼自言自語，但埃緹卡完全聽不進去。

因為她在貼文中找到了自己的名字。

【埃緹卡．冰枝電索官默許了伊萊亞斯．泰勒的思想誘導。

她「現在仍然懷抱著重大的祕密」。滯留於白萊果廣場附近，飯店四樓。給予制裁吧。】

posted by E／14 minutes ago

為什麼？

全身漸漸感到冰冷。

〈E〉知道「祕密」——知道RF型的神經模仿系統與敬愛規範的真相嗎？

不可能的。如果真是如此……

——『真不愧自稱「能夠窺視思想的人」呢。』

自己在不知情的狀況下，被〈E〉窺視了腦中嗎？

怎麼可能。他宣稱的能力應該只是怪力亂神的謊言。

「他竟然還寫出了有關妳的纏的事。」十時的低語讓埃緹卡回過神來。「搜查資料確實有留下紀錄，但他到底是怎麼取得這些情報的？」

她似乎把〈E〉指控的埃緹卡的祕密解讀成纏的事了。那件事確實也是祕密，但貼文中寫著「『現在仍然』懷抱著祕密」——埃緹卡提及這一點，十時便如此答道：

「目的應該是誇大事實，煽動信徒的憤怒吧。關於我的貼文也寫到『主導掩蓋』，但我根本沒有那麼大的權力。」

這個看法確實很有道理。畢竟〈E〉根本不可能得知「祕密」。

然而，他連知覺犯罪案件的機密都有辦法竊取。

擔憂揮之不去。

總之先冷靜下來吧。埃緹卡努力平復劇烈的心跳，背對螢幕。她在情緒的驅使下邁出步伐——肩膀卻不小心撞到了某個人。

「……冰枝搜查官？」

埃緹卡不禁僵在原地——對方偏偏是哈羅德。結束電索的他似乎剛回來辦公室，萊莎·羅賓電索官也跟在他身邊。

視線一瞬間與萊莎交會。

「妳怎麼會在這裡呢？」哈羅德的態度還是很疏遠。「妳不是在聖彼得堡嗎？」

「呃，因為……我們要跟你們共同辦案。」說話吞吞吐吐到了有點丟臉的地步。當初明明就是自己主動躲著他的。「這不重要，剛才〈E〉的貼文……」

突然間，一名搜查官大聲喊道：

「十時課長，糟糕了！妳的住家……！」

螢幕切換至〈E〉信徒的社群網站頁面。最新的貼文中附上了兩張照片，一張是帕爾迪厄站附近地圖的截圖。

另一張是冒出黑煙的公寓。

十時的住家正在燃燒。

## 2

帕爾迪厄站南邊——面向保羅伯特街的公寓就是十時的住家，附近已經陷入騷動。埃緹卡跟佛金與十時一起抵達現場的時候，火勢已經被撲滅，但路上依然排著好幾輛消防車。從住宅中逃出的居民互相依偎著，所幸似乎沒有人受傷。

十時說要取得進入自家的許可，從剛才便開始與當地警察交涉——旁邊正好有一名被捕的信徒遭到警方移送。他是個長相陰鬱的中年男子，縮起原本就駝背的身軀，被押上搜查用車。

「他有前科。」佛金一臉不悅。「因為製造爆裂物的嫌疑，過去曾服刑四年。」

埃緹卡也使用YOUR FORMA閱覽電索課提供的嫌疑人資料——從使用者資料庫調出的個人資料裡確實記載著犯罪經歷。只不過，那已經是超過十年以前的事了。從工作資歷看來，他回歸社會的過程似乎不太順利，就是因為如此才會開始崇尚〈E〉的思想嗎？

不過真要說起來，比起嫌疑人的經歷——

「從〈E〉發文到有人縱火，中間只隔了幾十分鐘。」埃緹卡說道。「我個人比較在意這一點。照這情況看來，與其說是那個信徒看了貼文後犯案，更像是……」

「更像是他一開始就得知課長的住家地址，等待〈E〉發文的那一刻。」

埃緹卡嚇了一跳，於是回過頭——哈羅德擺出篤定的表情，目不轉睛地望著公寓。站在他身旁的萊莎露出震驚的神情，摀著嘴巴。

身為接獲第一手消息的搜查支援課，埃緹卡等人趕往現場也是理所當然。不過，連這兩個人——正確來說是哈羅德——都說想確認現場，於是一起來到這裡。

「欸——」佛金對埃緹卡說起悄悄話。「現在還輪不到電索課出場吧？」

「話是這麼說沒錯，但十時課長大概是覺得讓他觀察現場對案情有幫助吧。」

「聽說他比分析蟻還要高性能。雖然我還有點半信半疑……」

「佛金搜查官。」突然間，哈羅德對他露出微笑。「如果你計劃享用果仁糖塔，我推薦協會認證的餐酒館喔。」

阿米客思說完便帶著萊莎走向十時那裡。

留在原地的佛金啞口無言，轉頭看著埃緹卡。

「……妳有跟路克拉福特輔助官說過什麼嗎？」

「沒有。」埃緹卡只能搖頭。「就是因為這樣，大家才說他『高性能』。」

十時很快便取得許可，帶著所有人進入公寓。十時的住家位於五樓，警衛阿米客思站在玄關前，立刻就放行了。分析蟻早已進入室內，走路時得小心別踩扁它們。

「甘納許？」十時焦急地呼喚愛貓。「甘納許，你在哪裡？沒事吧？」

燒焦的氣味慘烈，但風格典雅的室內幾乎等於毫髮無傷。劇烈燃燒的地方似乎只有客廳，寢室等其他部分都還完好如初。

十時拚了命尋找的甘納許就在浴室。純白的蘇格蘭摺耳貓害怕地瑟縮在浴缸裡——從外表看來，它只有毛被微微燻黑，並沒有受傷。

「甘納許！太好了，要是你出了什麼事，我真不知道該怎麼辦……！」

十時一改平時的嚴肅作風，用泫然欲泣的表情抱起愛貓。甘納許發出細小的貓叫聲，但似乎還是驚魂未定。

「課長，妳沒有將資料備份嗎？」佛金一臉疑惑。「那是機械寵物吧。萬一發生什麼事也能恢復原狀，不必那麼緊張也……」

「就算是那樣，我也不想看到這孩子受苦的樣子啊！」十時瞪了他一眼，然後用臉頰磨蹭甘納許。「乖乖喔～～你一定很害怕～～」

面對判若兩人的上司，佛金有點招架不住。埃緹卡刻意視而不見——無論如何，幸好甘納許平安無事。如果愛貓有什麼萬一，就算有備份，十時應該也會發狂吧。

埃緹卡走向客廳，看到哈羅德與萊莎。哈羅德在燒得面目全非的沙發與桌子之間謹慎地來回走動。不管他的觀察力有多麼敏銳，埃緹卡也不認為他具備關於火災現場的知識。

總之，這個狀況實在相當尷尬。

「路克拉福特輔助官，你有找到什麼線索嗎？」十時抱著甘納許走進客廳。「嫌疑人好像是破壞玄關的保全設備後入侵的。」

「沒錯。不只如此，他甚至在〈E〉發文之前就抵達這裡了。」

萊莎很驚訝。「你為什麼這麼想？」

「那張照片被上傳到社群網站，是〈E〉發文的十六分鐘之後。」哈羅德用裝置確認那篇問題貼文。「即便嫌疑人住在這附近，從侵入公寓到破壞玄關的保全設備並放火，速度實在太快了。」

「意思是〈E〉私下聯絡信徒，事先提供情報給他們嗎？」

「我認為這麼假設是最合理的。雖然不確定目的為何，或許是想找幫手為遊戲搧風點火吧。」

埃緹卡努力保持平靜，低頭望著在地毯上徘徊的分析蟻——尺寸相當於小指的它們挺著圓滾滾的矽膠製身體，快步移動著。分析蟻輕輕晃著觸角，忙碌地到處蒐證。

「假設〈E〉有手段能私下聯絡信徒好了——」佛金開口說道。「他開始犯案都已經一年半了，為什麼我們到現在都沒有察覺？搜查支援課一直在追查他，但每個信徒都跟〈E〉沒有關聯。就算要藏，也難免會露出馬腳吧。」

「有沒有可能是〈E〉到了最近才改變做法？」十時轉頭看著萊莎。「羅賓電索官，電索襲擊妳的信徒時有沒有什麼成果？」

「他們與〈E〉並沒有關聯。」萊莎一臉遺憾地垂下眉尾。「好像只是因為我帶著阿米客思，他們才會襲擊我。話雖如此，畢竟時機敏感，我其實也很納悶……不過，機憶並不會說謊。」

「真奇怪。」十時似乎也感到不解。「但願能從這次的縱火犯身上查到線索。」

埃緹卡想起剛才見到的瘦弱信徒。如果一如預料，可以透過電索查出聯絡〈E〉的手段，揭穿其真面目的可能性確實會一口氣提高。

「總之我會申請電索票。羅賓電索官和路克拉福特輔助官先回總部吧。」

「好的。」萊莎點頭，然後一臉擔憂地補充說道：「課長，如果妳不介意，要不要讓我暫時照顧甘納許？因為它從剛才開始就一直在發抖……」

十時看了自己懷中的甘納許一眼。正如萊莎所說，它依然很害怕。為了躲避周遭的視線，它把臉塞進了十時的手臂與腋下間的縫隙。這樣的舉動實在楚楚可憐，甚至不像是一具機械貓。

「讓它繼續待在這裡的確不太好，可是它離開我就會更害怕，而且就這樣繼續工作也沒什麼問——」

「課長還有工作要做。請妳務必帶它離開。」

佛金從旁插嘴。十時狠狠瞪著他，最後還是勉為其難地把甘納許交給了萊莎。它並沒有特別害怕，乖巧地靠在萊莎的胸前。

十時對此或許有點不滿，冷淡地說道：

「……………妳可以帶它回我的辦公室嗎？」

「沒問題。好乖好乖，別怕喔，甘納許，已經沒事了。」

萊莎說完便與哈羅德一起走出客廳。她對機械還真友善——埃緹卡這麼想。她對待阿米客思的態度應該也是朋友派吧——不管怎樣，兩人離去之後，埃緹卡鬆了一口氣，緊繃的肩膀也隨之放鬆。

另一方面，〈E〉的事情仍然留有疑點。

「佛金搜查官——」十時似乎恢復平靜了。「請你向搜查支援課申請支援。」

「我已經聯絡了。不過，散布在討論串的個人資料該怎麼辦？既然課長的住家都變成這個樣子了，其他搜查官也可能會被盯上。」

「是啊……看來有必要調整知覺犯罪相關人士的滯留地點了。」

光靠敞開的窗戶吹進來的風，根本吹不走滲透四周的煙味。

*

就結論而言，縱火的信徒跟〈E〉也沒有私人的關聯。

哈羅德確認萊莎拋出的機憶，皺起眉頭——縱火犯原本就是為了參加〈E〉的遊戲，自己擬定了這次的計畫。在十時的住家縱火的時候，他使用的是自製的汽油彈。據說他有製造爆裂物的前科，看來他還保有這方面的知識。

重點在於他與〈E〉互相聯絡的痕跡，但到處都找不到類似的線索。即便如此，縱火犯採取行動的時機仍一如預料，是在那則問題討論串開始散布個人資料之前。

實在很弔詭。

雖然覺得事有蹊蹺，哈羅德仍繼續觸及下一段機憶。這段機憶的嫌疑人正將十時家的照片上傳到社群網站——過去的貼文中有時會出現關於革命紀念日的話題。嫌疑人與其他信徒熱烈地閒聊著煙火等慶祝活動。哈羅德粗略瀏覽著毫無緊張感的對話。

結果一無所獲。

結束電索的哈羅德與萊莎一起離開了偵訊室。他回過頭，從逐漸關閉的門縫中瞄了一眼躺在簡易床架上的嫌疑人——無法壓抑煩躁的感覺。

原以為能抓到〈E〉的小辮子，卻又被他溜掉了。

「真是不順利。」萊莎不甘心地咬著下唇。「哈羅德，你的推理絕對沒錯。〈E〉跟一部分的信徒之間肯定有關聯。」

「不過，我們沒有找到任何證據。他們刪除了機憶嗎？」

「如果真是那樣，我們一定會發現。」她幾乎要啃起自己的指甲。「我想想……會不會是我們誤解了機憶的意思？」

「妳是說信徒與〈E〉會用暗號來溝通嗎？」

「姑且不論事情有沒有那麼複雜，搞不好……」

哈羅德想起偵辦知覺犯罪案件時發生的事。那時候，因為自己一時疏忽，花了一段時間才注意到病毒的感染途徑。不過，剛才那個信徒的機憶中似乎並沒有類似的跡象。難道自己又看漏了什麼嗎？

「對了，萊莎，妳的身體還好嗎？」

哈羅德這麼一問，她便眨了眨眼睛。「我沒事。怎麼這麼問？」

「不，因為今天發生逆流的次數比平常多，我有點擔心。」

剛才萊莎頻頻陷入逆流。結束電索的時候，她踉蹌的情況也比平常嚴重，令哈羅德有些在意。雖然說不上來，但她的負擔好像變得更大了。

「我真的沒事。」萊莎擺出開朗的笑容。「放心吧，我不會跟冰枝電索官一樣。」

她似乎認為哈羅德是害怕會再次失去搭檔。

兩人回到辦公室時，可能是因為過了晚間七點，大多數搜查官都已經下班了。埃緹卡與佛金也不見蹤影——十時把甘納許抱在懷裡，眼睛盯著螢幕。畫面上仍然映著〈E〉的討論串與信徒的社群網站頁面。

兩人報告電索的結果後，連十時都不禁顯露失望的神情。

「這次真的不得不承認，我們被擺了一道。」

「其他搜查官有受害嗎？」萊莎問道。

「目前沒有其他受害者。不過我已經幫住家或飯店曝光的人安排了其他住宿地點，以防萬一。」她搔著甘納許的下巴說道。「我今晚也會在辦公室過夜。反正工作都還沒做完……而且從這裡應該也看得到煙火。」

哈羅德歪過頭。「煙火？」

「今天不是七月十四日嗎？是法國的革命紀念日。」萊莎告訴哈羅德。原來如此，就是今天啊。「里昂的富維耶山丘每年都會放煙火，是很盛大的活動喔。」

「我都不知道。」哈羅德轉調至電子犯罪搜查局以前，從來沒造訪過法國。「難得的機會，真希望煙火也能將我們的沉重心情一掃而空呢。」

「大概能減輕一公克左右吧。」十時面無表情地開起玩笑，可見她相當疲勞。「總之，今天辛苦你們倆了。如果你們要看煙火，再不快去占位子就來不及了喔。」

「我今天就不去看了。現在出外走動，實在是有點危險……」

萊莎似乎擔心在羅馬劇場發生的事會重演——沒錯。她透過哥哥，與知覺犯罪有間接的關聯。今天登上討論串的搜查官包含十時與埃緹卡在內，全都是知覺犯罪案件的相關人士。

另一方面，那則貼文裡並沒有哈羅德的名字。

有可能是哈羅德身為阿米客思，所以逃過了一劫。不過，〈E〉原本就秉持反科技主義，對於身為科技的產物，又與知覺犯罪有著深刻淵源的哈羅德，他為什麼絲毫沒有提及呢？既然能將相關人士的個人資料暴露到這個地步，就沒道理不知道哈羅德的存在。照理來說，即使不是頭號目標，哈羅德也應該會跟其他搜查官一樣被盯上。

自己果然忽略了什麼。

「不過，幸好它的心情已經穩定下來了。」萊莎伸出手撫摸甘納許的眉心。「離開公寓後過了一陣子，它就不再發抖了。」

「嗯，真的太好了。我只擔心這件事。」

原本非常害怕的機械貓現在正悠閒地躺在十時的懷裡。萊莎搔著它，讓它舒服得瞇起眼睛——抵達搜查局的時候，甘納許已經活蹦亂跳，甚至一到入口大廳就開始奔跑。看似是因為第一次到總部，引發了它的好奇心……但事實並非如此，應該只是空間辨識程式啟動了。

「那麼課長，我差不多該走了。」萊莎一臉不捨地從甘納許身上收手。「哈羅德，你也要好好休息，別想太多關於案件的事。」

「我會的。難得有這次的機會，我打算慢慢欣賞煙火。」

「好主意。」這時她突然瞇起眼睛。「……你該不會是跟冰枝電索官約好了吧？」

哈羅德不禁笑了。「妳為何這麼想？」

「因為她非常在意你。」從旁人的眼光看來，白天的埃緹卡確實表現得很生硬。「你這麼溫柔，我想你應該願意傾聽她的煩惱。」

「我會好好珍惜現在的搭檔。」

「不是的，我不是那個意思。」

「請別擔心，萊莎。路上小心。」

萊莎的表情顯得有些心急，但似乎又放棄了，與哈羅德行了貼面禮便走出辦公室

YOUR FORMA

——甘納許豎起耳朵，從十時懷中跳了下來。它似乎很在意萊莎的離去。

十時從鼻子靜靜地呼了一口氣。

「我真的對你的手腕佩服得五體投地。」十時這句話顯然是諷刺。「世界上有你搞不定的女人嗎？」

「就在我眼前。」哈羅德微笑以對。「我對待上司時還是會謹守禮節。」

「算你聰明。」她搓揉頸部。「話說回來……『你們』好像現在比較順利呢。」

「這話怎麼說呢？」

「冰枝在搜查支援課也過得不錯。」十時注視著甘納許消失的方向。「我原本是為冰枝好，才會把你分配給她……但我也許不該執著於她的才能吧。」

課長說完便跟著愛貓的腳步走了出去——哈羅德佇立在原地。他看著灰色西裝的背影，想起了埃緹卡。

問題大概不在於工作是否順利——哈羅德這麼想。

根源包含了更多別的因素。

他早已被迫察覺一件事。

正如萊莎所言，自己必須找埃緹卡談談。

*

白天很漫長的里昂也即將被夜晚吞噬。

載著埃緹卡與佛金的共享汽車在普雷斯克島地區優雅地奔馳，前往住宿地點——經過索恩河沿岸時，可以看到大批人潮。他們好像都是今晚來觀賞煙火的遊客。當地警察派出的警衛阿米客思正忙著巡邏。

「真羨慕他們。」駕駛座的佛金發起牢騷。「為了辦案，我頭痛得不得了。」

「我也是。」

傍晚除了革命紀念日的轉播，部分媒體已經開始報導信徒犯下的縱火案。報導提到受害的公寓是搜查官的住家，引起不小的風波——其中也有節目將焦點放在〈E〉發表的思想誘導陰謀論，社群網站上還有幾名研究者展開論述。當然，每個人都一致認為這些說法缺乏根據。即使他們覺得可信度夠高，應該也會避免肯定〈E〉的言論。

「剛才課長聯絡我，說電索又沒有收穫了。」佛金嘆了不知道是第幾次的氣。「事情變成這樣，我們好像應該回去追查丹尼爾的機票。」

「說得也是……從明天開始深入追查吧。」

埃緹卡操作YOUR FORMA，連上匿名論壇「TEN」——以〈E〉「降臨」的討論串為首，連社群網站上的信徒都是一片歡欣鼓舞。知覺犯罪相關人士遇襲一事本身對揭穿真相的「遊戲」進展並沒有幫助。不過從他們的角度看來，這似乎是一件值得高興的事。

【制裁那些滿口謊言的惡魔。】【希望同胞可以摧毀搜查局。】【我現在超期待煙火的。】【接下來的目標是誰？】【來一發華麗的煙火吧。】【氣氛終於熱起來了！】

貼文中附上了公寓遇襲的新聞報導與影片的連結，但法國的使用者也有很多關於革命紀念日的貼文。

但願那些信徒今晚的注意力會放在煙火上。

過了一陣子，共享汽車平安抵達飯店門口。這裡是十時新準備的中等規模住宿設施，與搜查局沒有任何關聯。埃緹卡甚至是以假名入住，安全措施做得相當徹底。這裡是最適合藏身的地方。

「那麼冰枝，萬一發生什麼事，記得馬上聯絡我們。」

埃緹卡一下車，佛金便在駕駛座上這麼說道。

「謝謝你送我過來。」埃緹卡稍微低頭行禮。「你要回原本的飯店嗎？」

「因為我跟知覺犯罪無關啊。」他聳了一下肩膀。「明天早上我會來接妳。」

說完，佛金便與她道別——埃緹卡目送車尾燈逐漸遠去，然後轉身走向飯店建築。

不只是外觀，入口大廳的裝潢也很漂亮。會在這個時間辦住房手續的人似乎很少，只有零星的旅客出入。

埃緹卡在櫃檯辦理手續，同時忍不住左思右想。

〈E〉的那則貼文依舊在腦中揮之不去。

——【她現在仍然懷抱著重大的祕密。】

話雖如此，目前討論串還沒有任何貼文提到RF型的祕密。如果有下一步行動，應該一樣會在偶數日的正午。

那則貼文就跟十時說的一樣，只不過是「誇大事實」嗎？又或者……

不——根本的前提是〈E〉真的能窺視他人的思想嗎？

他能竊取離線環境下的知覺犯罪案件機密，並且查出十時的住家位置，所以這句口號確實很有說服力——但照理來說，電索官以外的人根本不可能潛入他人腦中。

既然如此，〈E〉就如以往的推測，是一名怪客嗎？或者，搜查局內部有〈E〉的間諜？可是〈E〉發表的陰謀論也包含了無關電子犯罪搜查局的內容。這麼說來，各機構都有〈E〉的同夥……不，這麼推測就太牽強了。〈E〉確實有很多信徒，但抱有消極思想的人終究不是多數，況且搜查官在受僱的階段就必須接受思想調查。

但除此之外，還有其他手段能取得如此精確的情報嗎？

埃緹卡心不在焉地離開櫃台時——

無意間想到一件事。

現在回想起來，纏的事情原本也是塵封於自己記憶中的祕密，但發生知覺犯罪案件時，哈羅德拆穿了這個事實。

突然間，全身感受到一陣衝擊。

思緒因此中斷。

「怎……」

事情發生在一瞬間，埃緹卡甚至來不及準備倒地。視野一口氣旋轉，背部狠狠摔在堅硬的地面上——她抬起頭，與一名壓在自己身上的陌生男子四目相交。對方是個標準體格的法國人。個人資料跳了出來。

不過，埃緹卡根本無暇閱讀。

他的手臂上有「E」的刺青。

——信徒。

埃緹卡屏息。

為什麼？訂房時使用的是假名，也沒有事前提供臉部照片之類的資料，飯店應該不會洩漏任何情報才對——遲疑被對方的聲音蓋過。

「為了人人都能得知真相的社會……！」

男人舉起拳頭。

埃緹卡趕緊抓住腿上的槍。

這時，有人影從旁邊衝了過來。轉眼之間，男人的重量從身上消失——穿著制服的當地警察來了。警員衝撞那個男人，順勢與他扭打在地，然後立刻跳起來，當場壓制正在呻吟的男人。

「雙手放在地上！」「放開我！」「不要再抵抗了！」

一句又一句怒吼充斥四周，好幾名警員趕到現場支援。入口大廳隨之微微震動——埃緹卡手握正要拔出的槍，一臉茫然。背部隱隱作痛，但此刻的她根本不在乎。

「妳沒受傷吧？」一名警員靠過來，扶起埃緹卡。「後退一點。」

到底發生什麼事了？

自己完全沒有報警。就算有報警，他們也來得太快了。

埃緹卡勉強站起來。她注視著離去的警員，搖搖晃晃地後退幾步——忽然間，有人從後方扶住她的肩膀。

「幸好妳沒事。」熟悉的聲音讓埃緹卡的身體頓時僵住。「因為有個可疑的男人跟著妳，我才呼叫了正在巡邏的警員……差點就趕不上了。」

不會吧。

為什麼？

埃緹卡回過頭——哈羅德理所當然似的站在身後。他的穿著與離開十時的公寓時一樣，端正的面容浮現安心的微笑。他的手輕輕放開埃緹卡的肩膀。

埃緹卡雖然開口，卻無法馬上出聲。

因為——

「為什麼？」她總算擠出聲音。「為什麼……你會在這裡？」

「我想跟妳私下談談，所以在飯店外頭等待。」什麼？因為自己一直在沉思，完全沒有發現。「妳平安無事，真的太好了。」

哈羅德這次想牽起埃緹卡的手，於是埃緹卡慌慌張張地退後。腦中仍然一片混亂——等等，他說自己「在飯店外頭等待」？

「這是怎麼回事？我根本沒把住宿地點告訴你吧。」

「是的。」他一臉遺憾地收手。「不過，我能推測十時課長可能挑選的飯店。」

「就算這樣也沒必要跟蹤啊，只要在搜查局跟我說一聲……」

「我說過想『私下談談』了吧？」

埃緹卡不知道自己該抱持什麼樣的感情。幾個小時前見面的時候，自己與他明明已經變回更加疏遠的關係，而如今的他就像是從記憶中刪除了拆夥這件事。

難不成感到尷尬的人打從一開始就只有自己？

「不管怎樣——」內心仍在動搖，但還是得振作起來。「我得聯絡十時課長……」

那名信徒被警員銬上手銬，朝這裡走了過來。擦身而過的時候，埃緹卡與他目光交會——從個人資料可以得知這個男人是在里昂市內的服飾店工作的店員，他的眼神凝聚著陰暗又深沉的憎恨。

一瞬間，埃緹卡無法移開視線。

「……〈E〉全都知道。」男人小聲咒罵。「今晚的煙火最好把一切都炸掉。」

警員說「閉上嘴快走」，推著男人離去。不知從何時起，聽聞騷動的人已經聚集在飯店外面，形成一道看熱鬧的人牆，附近還有人發出叫囂的聲音。

可是，埃緹卡幾乎聽不進去。

——「煙火」？

「妳還是休息一下比較好。」哈羅德用穿戴式裝置開啟全像瀏覽器。「我會向課長報告的——」

等一下。

某種感受彷彿融化，沿著背脊往下流。

在開往奧斯陸的列車內，佛金搜查官這麼描述信徒在社群網站上的發言。

——『法國那裡的人，全都在討論煙火的話題。』

剛才看到的討論串裡還包含這樣的留言：

【我現在超期待煙火的。】【來一發華麗的煙火吧。】

這些全都可以解讀成革命紀念日的話題。不，埃緹卡原本確實這麼想。

但是……

——『今晚的煙火最好把一切都炸掉。』

「輔助官。」埃緹卡立刻抬頭望著哈羅德。「我們馬上回總部吧。」

「好的。」他一臉狐疑。「我當然有這個打算，但妳是怎麼了呢？」

「邊走邊說吧，我會聯絡課長。你的車在外面？」

「是的，我來帶路。」

哈羅德似乎還一頭霧水，但仍率先邁出步伐。埃緹卡追上他的腳步。一走出建築物，群眾親眼目睹逮捕過程而興奮不已的熱氣迎面而來——埃緹卡用YOUR FORMA撥打電話給十時。期間，兩人穿越擠滿道路的人群。

『喂？冰枝？』

上司的冷靜聲音讓埃緹卡不禁感到焦躁。

如果自己的預感是正確的，信徒們肯定——

「課長，請馬上調查搜查局內。『某處說不定藏著爆裂物』。」

## 3

流經國際刑事警察組織前方的隆河周圍也擠滿了期待煙火的遊客，埃緹卡一個小時前離開總部時跟現在的人潮根本無法相比——警衛阿米客思與當地警察四處巡邏，注意行人的動向。所幸警方有對車道實施交通管制，以便在緊急狀況下能正常通行。

載著埃緹卡與哈羅德的富豪汽車行經他們旁邊，駛入停車場。

駕駛座的哈羅德發問了：「搜查局內真的有爆裂物嗎？」

「當然還不確定。只不過，能從煙火聯想到的東西可不多。」

埃緹卡一邊回答一邊拚命動腦。

〈E〉並沒有在討論串中寫到「攻擊搜查局」，不過既然十時的住家遭到襲擊，信徒就很有可能變本加厲。況且，今晚有許多人出外走動，他們正好能趁這個機會混進人潮中，前往搜查局發起暴動。

「信徒確實會在社群網站上頻繁討論關於煙火的話題……即使如此，那也是沒什麼意義的行為。」哈羅德似乎也陷入沉思。「運送到搜查局的包裹全都會經過包裹管理室的掃描。若發現危險物品，就會當場剔除。」

「有可能是信徒混進了搜查官之中，把爆裂物帶進去。不對……」埃緹卡這麼說著，卻又發現這個可能性也很低。「那樣的話也會被入口大廳的安檢門擋下來……那個縱火犯呢？」

「他確實有製造爆裂物的前科，但並沒有挾帶任何物品。」

嫌疑人必須接受特別嚴格的搜身，過程中鮮少發生什麼疏忽。

果然是自己太早下定論了嗎？

一停下富豪，兩人便立刻下車——走向建築物的路上，埃緹卡仍在繼續苦思。總部除了正門玄關以外還有幾個出入口，但每一處都設有安檢門。要繞過安檢門是不可能的，而且如果不等掃描完畢就通過，警衛阿米客思也會上前阻止。

那名信徒的發言或許只是單純的胡言亂語。

不過，躁動不安的感覺就是無法平息。

畢竟〈E〉總是能搶得先機。

埃緹卡與哈羅德直接前往十時在電索課的辦公室。

「冰枝，幸好妳平安。路克拉福特輔助官也是。」

十時與剛才打電話時完全不同，看起來相當忙碌。她不停操作YOUR FORMA，視線正在來回游移。

「發生什麼事了嗎？」

「其實妳打電話給我之後，陸陸續續有人聯絡……其他知覺犯罪相關人士好像也遭到信徒襲擊了。明明更改了滯留地點，還是落得這個下場。」她十分冷靜，但肯定是滿腔怒火。「情報到底是從哪裡流出的，我實在毫無頭緒。」

埃緹卡不禁與哈羅德互看一眼——滯留地點變更是個別告知，而且由十時一個人私下安排。也就是說，搜查局中只有十時與各搜查官握有這些情報，除了哈羅德以外也不可能有其他人知道。

然而，〈E〉卻知道。

不只如此，他甚至教唆信徒發動攻擊。

即使保守地說，這樣的情況也相當異常。

「再過不久就會有大批信徒被移送到這裡。攻擊冰枝的信徒也一樣，我會請當地警察將他交給我們。」十時用很快的速度說道。「無論如何，總是需要進行電索。我們必須盡早查出〈E〉與信徒的聯絡管道，阻止這一連串的行動。」

「我明白了。」哈羅德點頭。「我馬上呼叫萊莎。」

「十時課長——」埃緹卡從旁發問。「關於我剛才提出的爆裂物調查……」

「我已經往上報告了。各樓層的警衛阿米客思應該正在找，不過既然要搜索整棟建築，大概要再花上一個小時吧。噢，對了——」十時揉著太陽穴，往半空中瞥了一眼。好像有人來電。「冰枝，妳有空能幫我找一下甘納許嗎？我從剛才就一直沒看到它。」

埃緹卡沒能繼續跟十時交談，她正忙著接電話——埃緹卡只能跟哈羅德一起離開辦公室。

雖然還有其他事情想問，這也沒辦法。埃緹卡很想深深嘆口氣。她可以理解十時的心情，但上司竟然連這種時候都在擔心貓……不，這種時候才更該擔心吧。

「總之輔助官，我會去找爆裂物還有甘納許，你回去電索吧。」

「萊莎抵達之前，我也來幫忙。」哈羅德開啟全像瀏覽器，好像正在傳送訊息給萊莎。「反正電索票還沒下來，我也無法行動。」

「這件事怎麼看都是緊急狀況，法官大概也會被臨時叫醒吧。」

埃緹卡說著，不等哈羅德便邁出步伐。既然警衛阿米客思正在搜索局內，首先就去包裹管理室碰碰運氣吧。重新確認是否有可疑物品，然後——埃緹卡一邊這麼想一邊獨自搭上電梯。

「我不是說要幫忙了嗎？請別丟下我。」

哈羅德晚一步跟了上來。他顯得有些不服氣——與上次相同的情境讓埃緹卡不禁繃緊全身。埃緹卡默默按下一樓的圖示。不知道阿米客思究竟懂不懂，他若無其事地站在埃緹卡身旁。

因為情況緊急，埃緹卡完全忘記原本的立場，在不知不覺間與他正常相處了。不過，過去也曾有幾次是隨著案件的進展，最後不了了之的情況……

門關上之後，電梯開始緩緩下降。

「要從哪裡開始調查呢？」

埃緹卡假裝平靜。「包裹管理室。雖然可能性很低，還是謹慎一點好。」

「很踏實的決定。」說到這裡，他偷瞄了埃緹卡一眼。「……我一直很想問，那個傷口是怎麼來的？」

「咦？噢。」埃緹卡觸摸嘴脣的痂。「這個嘛，我在奧斯陸遇到了很多事。」

「很多事是嗎？」

「對，很多事。」

「也許妳總有一天會在我不知道的情況下碰上麻煩而喪命吧。」

埃緹卡不禁抬起頭——哈羅德並沒有看著她，只是用視線追逐電梯的指示燈。從他的端正側臉無法讀取任何情緒。他突然在說些什麼啊？

「我好歹也是搜查官，沒有那麼柔弱。」

「失禮了，我並沒有冒犯妳的意思。」

埃緹卡不明白他的真意。

兩人抵達一樓，走出電梯。包裹管理室位於建築物的北邊。埃緹卡與哈羅德快步走在空無一人的走廊上。

「話說回來——」跟在後面的哈羅德開口說道。「白天，十時課長的住家遭到襲擊的時候，我就一直感到疑惑……到現在還是覺得事有蹊蹺。」

「怎麼說？」

「信徒們的目的本來應該是透過『遊戲』證實〈E〉的貼文。即使襲擊知覺犯罪相關人士，也無法達成他們的目的。」

「我也這麼想，但對信徒來說，相關人士是不可原諒的共犯，他們會想報復也很正常。」

「以個別信徒而言是這樣沒錯，但『這無法解釋〈E〉的行為』。」

埃緹卡一聽便停下腳步，回過頭來。哈羅德也駐足在原地。他用手托著下巴，陷入沉思。

「誘使信徒參與『遊戲』的人正是〈E〉。其目的在於證實陰謀論，所以助長制裁相關人士的行為與他的意圖並不相符。」他眨眼的動作比平時慢上許多。「這一連串的行動難道不是以完成『遊戲』為目的嗎？」

完成遊戲——也就是獲得知覺犯罪案件的真相。

而記載真相的搜查資料就存放在保管庫裡。

「〈E〉應該知道搜查資料放在什麼地方。而且，如果我是〈E〉就會這麼想：

『該如何將信徒帶進保管庫？』」

在遊戲中，必須由信徒親眼確認真相。為此，他們以揭穿真相為由，相繼做出各種犯罪行為——這次〈E〉有必要派信徒進入搜查局內。然而，沒有祕書長的許可就無法進入保管庫，外來者幾乎不可能入侵。

這時候，埃緹卡忽然想起十時上次在緊急會議中說過的話。

——『若要說還有沒有其他出入方法，頂多就是利用停電時的緊急解鎖系統……』

停電。

煙火。

埃緹卡的臉色一下子發白。

——原來是這麼回事。

假設搜查局內真的存在爆裂物，地點並不是包裹管理室。話雖如此，也不是警衛阿米客思正在搜索的樓上，當然也不是餐廳或露臺。

「是『配電室』……！」

埃緹卡拔腿就跑，哈羅德追了上來。兩人沿著原路返回，奔向電梯旁邊的樓梯間。陰暗的樓梯間會通往地下室——就像被黑洞吸入，兩人奔下樓梯。

下到底部就能看到卸貨用的電梯，以及一條筆直的走廊。並列的門分別通往機房或幫浦室。簡而言之，這棟建築物的維生裝置全都集中在此處，平時應該會有警衛阿米客思常駐在這裡才對。

然而，現在看不到他們的蹤影。

只有最深處的配電室的門微微開啟。

現在正好是警衛阿米客思來巡視的時間嗎？

不，這麼想也有點太巧了。

「……輔助官，你看著後面。」

「我知道了。」哈羅德點頭。「請小心。」

總之，至少得確認是不是真的有爆裂物——埃緹卡拔出腿上的槍，在走廊上緩緩前進。一步，又一步，壓低腳步聲前進。哈羅德似乎也緊跟在身後。明明只有短短幾十公尺，感覺卻相當遙遠。

終於抵達配電室前的時候，可以微微聽見機器的運轉聲。實在太安靜了。

埃緹卡把槍口插進門縫，確認沒有異常。

深呼吸。

然後一口氣用肩膀推開門。

她立刻舉槍瞄準——眼前是一個混凝土砌成的單調空間，冷冰冰的機殼並排在一起，粗壯的管線爬過天花板，空調發出陣陣噪音。一具警衛阿米客思獨自站在中央，他閉著眼睛，顯然已經進入強制停止運作的狀態——某種白色的東西在他腳邊動著。

埃緹卡瞬間啞口無言。

那是一隻純白的蘇格蘭摺耳貓——也就是十時的愛貓。

「甘納許？」埃緹卡驚訝地放下槍。「你怎麼會在這裡……」

甘納許被叫到名字便高興地發出「喵～～」的叫聲。它正要朝這裡走來——這時半空中有東西閃爍了一下。它背上有裂開的電池單元，一條細細的金屬線從中延伸出來。

不會吧。

——【與最愛的貓同住。】

這個瞬間，一切都串連起來了。

在十時的住家縱火的信徒有製造爆裂物的前科。

如果那場火災是為了讓搜查局忽略甘納許的佯攻。

而真正的目的，是破壞國際刑事警察組織總部的配電室。

機械貓身上裝著改造單元並塞進背部的「自製小型爆炸裝置」。連接引信的臨時金屬線就綁在警衛阿米客思的手腕上。

啊啊，這麼做——確實能施放「煙火」。

甘納許開始奔跑。

埃緹卡立刻試圖推開背後的哈羅德。

直到金屬線拉直的瞬間，她都清楚看見了。

「——埃緹卡！」

自己連引爆的那一刻發出的究竟是不是光芒都不知道。

聽覺與視覺漸漸恢復的時候，她首先感覺到的是熱度，接著是黑暗，以及刺耳的火災警報聲。某種沉重的東西壓著全身——埃緹卡勉強凝神細看。焦點就是對不上。吸進鼻腔的空氣帶著異樣的氣味。

「妳沒事吧？」

哈羅德的聲音在耳邊響起。埃緹卡終於察覺他正以緊緊環抱的姿勢壓在自己身上。隔著他的肩膀，可以看見灼熱的火焰在搖曳。天花板上的燈光熄滅了。原來如此，因為停電。

結果正如〈E〉的盤算。

真是糟透了。明明已經發現，竟然還是阻止不了。

「我才想問……」埃緹卡一說話，咳嗽就脫口而出。「你沒事吧？」

「我沒什麼問題。」他邊起身邊說道。「妳還能走嗎？我們得馬上離開這裡。」

埃緹卡借助哈羅德的手，好不容易才站起來。因為爆炸的衝擊波，埃緹卡竟然被震飛到走廊的中間。全身都在隱隱作痛，但沒有受什麼重傷。大概是因為他挺身保護了埃緹卡吧。

內心一陣抽痛。

這次又受他保護了。

埃緹卡回頭望著配電室——爆炸引燃了火焰，熊熊烈火正在室內翻騰，灑水器滅火的速度完全跟不上火勢。當然了，警衛阿米客思與甘納許已經不見蹤影。他們恐怕已經被炸得四分五裂，雖然可憐，自己也無能為力。

十時悲痛的表情浮現在眼前，但埃緹卡決定暫時不去想。

「緊急電源呢？」埃緹卡用手臂遮蓋口鼻。濃煙聚集在天花板附近，令人難以呼吸，而且非常炎熱。「整個配電室都被炸毀了嗎？」

「似乎是的。換句話說，搜查局的保全系統已經癱瘓了。」

既然如此，接下來會發生什麼事並不難想像。

埃緹卡想起剛才聚集在街上等著觀賞煙火的遊客。那些群眾正好適合讓〈E〉的信徒混入其中，他們應該會從〈E〉那裡接到爆破的通知。一旦得知保全系統癱瘓，他們就會大舉入侵——埃緹卡的背脊感覺到一陣寒意。

至少也要守住保管庫。

「可惡！」埃緹卡忍不住咒罵。「我們得馬上通知十時課長他們……」

「警報器正在響，事情應該已經傳遍局內了。」哈羅德的手推著埃緹卡的背。「埃緹卡，現在請不要深呼吸，以免吸入濃煙。」

於是兩人沿著走廊掉頭，卻無法回到樓梯間。厚重的防火鐵捲門放了下來，阻擋他們的去路。似乎是偵測到火災，這個裝置就會自動運作。

埃緹卡馬上把手放到一旁的逃生門上。通過這扇門應該就能走到鐵捲門對面了——然而，最重要的門把卻一動也不動。埃緹卡用蠻力往下壓，門把卻像結凍似的，仍然動不了。

「什麼？」埃緹卡仔細查看，然而上面根本沒有加裝門鎖。「怎麼回事？」

「這只是我的推測，會不會是另一頭放著障礙物，導致門把無法往下壓？」

也就是說——自己被困住了？

開什麼玩笑。

「就算是那樣……」埃緹卡勉強說道。「我們經過這裡的時候，根本沒看到什麼障礙物。我不覺得有人會特地搬東西過來。」

「是的，不過除了有人搬東西過來，也沒有其他可能了。」哈羅德遲疑了一瞬。「……難不成，這就是對方的目的？」

「咦？」

「將甘納許帶來這裡的人並沒有馬上啟動裝置。對方應該是請警衛阿米客思帶自己到配電室，然後在裡面讓阿米客思停止運作，並把甘納許留在現場。」即便是在這種狀況下，他依然冷靜得嚇人。「這麼做有可能是為了等其他人來。」

原來如此——在無人的空間，機器人通常不會表現出「人類預期的舉止」。如果配

YOUR FORMA

電室裡沒有人，別說是停止運作的阿米客思，身為機械寵物的甘納許也會暫停行動。直到下次看到人類為止，它都不會四處亂跑。

「你的意思是……」埃緹卡壓抑呼吸說道。「對方的目的不只是炸掉配電室，同時也是為了波及搜查局的人嗎？」

「又或者……雖然我不太願意這麼想，對方可能知道最初造訪這裡的人會是我們，想藉著停電的機會殺害我們。」

「這種事根本不可能預料得到。我察覺『煙火』只是偶然啊。」

「『真的是偶然嗎』？」哈羅德厭惡似的瞇起眼睛。「至少，如果在飯店攻擊妳的信徒沒有提及煙火，妳就不會察覺。」

埃緹卡快要起雞皮疙瘩了。

「難道……我被誘導了嗎？」

「如果〈E〉『全都知道』，那就有可能。」他一臉懊悔。「非常抱歉，我應該更小心的。」

「這不是你的錯。到底是誰想殺我們……」埃緹卡不小心吸入一大口煙，因此咳得厲害。無論如何，再待下去就糟了。「現在得快點出去才行。」

埃緹卡焦急地用雙手猛壓門把。門把還是一樣，文風不動。哈羅德也一起幫忙，但阿米客思的力氣本來就沒有多大。他們是最親近人類的機器人，所以考慮到安全性，除了特定機型以外，都只具備等同於人類的握力與腳力。換句話說——人類打不開的東西，他們也打不開。況且如果硬拉導致門把損壞，那就真的進退不得了。

「既然已經發生火災，系統應該會自動通報消防隊。」哈羅德臉上也透著明顯的擔憂。「我或許能等到救援……但妳恐怕有困難。」

「你也夠危險了。」埃緹卡拔出槍套中的槍。「後退一點。」

「妳要做什麼呢？」

「打不開的東西只能拆掉了。我要用這個破壞鉸鏈，雖然不知道能不能成功……」

說著，埃緹卡趕緊瞄準目標，然後開槍。不過，昏暗的光線與瀰漫的濃煙阻擋了視野。埃緹卡還來不及確認子彈是否命中目標——雙手便突然使不上力。頭感到疼痛，視野開始搖晃。

「埃緹卡？」

回過神來，自己已經以肩膀靠向牆壁，無力地癱坐到地上。

「請振作一點。」

「沒事，我還好……」

埃緹卡用手掌摀住口鼻，努力避免吸入濃煙，同時以YOUR FORMA呼叫十時課長。

沒有人接聽。她接著打給佛金搜查官，同樣沒接通。即使抱著最後一絲希望打給班諾——仍然沒有任何人回應。

噪音深處有零星的槍聲從樓上傳來。是警告射擊嗎？

好像還能隱約聽見怒吼。

這樣啊。信徒們已經闖進來，進入交戰狀態了。在這種情況下，的確無暇接電話。試著傳訊息好了……訊息要怎麼傳呢？

大腦無法正常思考。

「我會想辦法的，請妳壓低姿勢。」

哈羅德正在努力想辦法把門撬開——埃緹卡恍惚地仰望他的身影，這才發現被火光照耀的他背部早已燒得焦黑，後頸的人工皮膚甚至破了。強制停止運作用溫度感測器的電路板因此裸露，看起來十分嚇人。

是因為保護了自己嗎？

突然間，難以言喻的感覺湧上心頭。

總是——總是這樣。他總是如此挺身而出。

明明就沒有敬愛規範的束縛。

「為什麼、不說……」

「妳怎麼了？」

哈羅德好像沒有聽清楚，單膝跪了下來——視線交會。如同凍結湖面的眼瞳不同於剛才，看起來相當焦急。也許只是看起來如此吧。

「你哪裡沒事了？」一發出清楚的聲音，喉嚨便感到刺痛。「明明就、有受傷。」

「這沒什麼大不了。燒傷或濃煙對我來說，不會造成什麼傷害。」

即使如此——啊啊，總覺得頭痛愈來愈嚴重了。一氧化碳中毒。令人毛骨悚然的概念浮現在腦海。

再這樣下去……

「埃緹卡，把嘴巴閉起來。妳會吸入濃煙的。」

不知道是因為情況緊急還是思考能力下降，或是暴露在灼熱空氣中——雖然不清楚，情感卻如激流般襲捲而來。與他分離的幾天內，不斷累積在自己心中的某種情緒就快要爆發了。

如果自己沒有得救呢？

如果真的會死在這裡——

「等一下……」

埃緹卡下意識地抓住正要站起來的哈羅德的手。阿米客思微微睜大眼睛，但她現在不在乎——就連掩飾的餘力都已經不知流失到何處了。

自己還處於單方面告別他的狀態。

不能就這麼結束。

「對不起，我不該那樣對你說話……」埃緹卡咳嗽。「你明明是在擔心我，我卻擅自躲著你。我還沒有、好好向你道歉……」

「現在就別提這件事了。」

「我很討厭自己。」或許是因為濃煙燻到眼睛，眼頭在發熱。「多虧有你，我才能放下姊姊，我還以為……自己已經向前走了。可是我又開始懷疑，我覺得我好像走了回頭路，沒辦法相信自己，感覺好羞愧……」

自己到底在說什麼啊？這些話聽在哈羅德耳裡，肯定是支離破碎。

可是——

「我發現了。我發現就算沒有你……我也能好好活著。」

「不行，妳不能再說話了。」

「可是、可是我還是忍不住……想著關於你的事……到頭來，我嘴上說什麼對等，卻什麼都沒有對你……真的很、抱歉——」

埃緹卡又是一陣猛咳，然後暈眩。哈羅德的手支撐著她的肩膀。他可能說了什麼，但模糊得聽不清楚。

不過——分開之後，埃緹卡終於明白。

自己確實很執著於這個阿米客思。

但這與自己對纏的感情根本無法比擬，帶著更多別的色彩。

雖然自己仍然無法解釋這份感情究竟是什麼。

至少可以知道，拚命保守祕密的理由並不只是為了自己。

這表示即便是這樣的自己，也有足夠的能力保護自己想保護的對象。

雖然那是錯得離譜的手段。

即使如此也好。

真的，太好了。

這不只是醜陋又骯髒的自私心態，真的太好了。

「——埃緹卡？」

吞噬一切的黑暗既黏稠，又灼熱。

＊

埃緹卡轉眼間便癱軟無力，一動也不動。她失去意識了——哈羅德感受到彷彿要燒斷迴路的焦躁。情況非常糟糕。對人類來說，一氧化碳中毒會危及生命。

哈羅德確認穿戴式裝置。他從剛才就一直在嘗試聯絡十時，卻還是沒有接通。

他將目光轉回埃緹卡的蒼白眼瞼上。

再怎麼樣也撐不了幾分鐘。

自己太小看〈E〉了。打從一開始就不該來到這裡。

又來了嗎？哈羅德不禁咬牙切齒。事情又演變成這樣了嗎？系統的處理受到強烈的壓迫。索頌那時候也一樣，自己明明救得了他，卻只能眼睜睜看著他的生命被消磨殆盡。不能再重蹈覆轍了。

不管怎麼做，門就是打不開。

就算想尋找別條路，配電室的火焰也已經逼近到走廊了。

這裡是地下樓層，連窗戶都沒有。

而且——也沒有其他人。

哈羅德當機立斷，扶著埃緹卡躺下，拿起輕輕握在她手中的槍——自己知道使用方式。至今為止，哈羅德曾多次看人類使用這種工具的瞬間。

不過，他一握槍，系統便發出嚴重的警告。

〈**阿米客思持有槍械已違反國際AI運用法第十條／請即刻拋棄。**〉

敬愛規範並不存在。但過去曾有利用阿米客思走私槍枝的犯罪橫行，所以光是取得槍枝，系統就會發出警告——訊號強制傳送至右手的迴路，使手指不由自主地鬆開。哈羅德硬是用左手按住。

他一邊站起一邊勉強解除安全裝置。即使身在濃煙之中，視覺裝置也能明確標出應該瞄準的目標——另一方面，右手抵抗得幾乎要失控。哈羅德感到煩躁，連上系統的原始碼。只能消除這個礙事至極的警告了。要改寫什麼地方才能讓它閉嘴？

哈羅德知道自己正在做一件風險極高的事。至少這段記憶一定要刪除，或是加上自己以外的人無法閱覽的保護措施。萬一事跡敗露，自己就會在替索頌復仇之前遭受廢棄處分。

不過——

哈羅德看著埃緹卡。躺在地上的她沒有甦醒的跡象。

我已經不想再失去了。

為什麼？

埃緹卡與索頌不同，並非自己的家人。她現在甚至不是自己需要的「電索官」——就算這樣，哈羅德還是不希望她死去。這個念頭根本算不上理智的想法，非常情緒化。話雖如此，卻也不是單純的「良心」。如果是那麼淺顯易懂的動機，自己也不會試圖反抗系統了。

對於她，合理的邏輯似乎早已無法成立。

——『可是、可是我還是忍不住……想著關於你的事……』

某種事物彷彿即將瓦解。

哈羅德從系統內找出有問題的程式碼，立刻加以竄改。右手的抵抗馬上就停止了。恢復冷靜的手指輕易接納了槍，就像什麼事都沒發生一樣。這樣就行了。只不過——晚點必須將程式碼恢復原狀才行。

哈羅德重新瞄準門的鉸鏈，立刻扣下扳機，超乎想像的反作用力傳遞到手臂。而且，只用一發子彈無法完全破壞鉸鏈。如果是散彈槍就不同了嗎？哈羅德想起以前在電影中看過的軍用散彈槍。

他繼續扣扳機。

將系統的處理集中在一個點。

子彈一度彈向別的地方。

如此破壞三個鉸鏈的時候，彈匣已經幾乎空了——哈羅德觸碰支撐力變弱的門，發現門在微微晃動。他用肩膀使勁一撞，將門往外推。還不夠。他使盡力氣，再撞一次。重複幾次之後，門終於完全脫落了。門以滑動的方式朝自己的方向倒下——貫穿鼓膜的聲音響起，充滿四周的濃煙頓時流出。

哈羅德看見了卡住門把的東西。

是一臺搬運貨物用的推車，堆放在上面的紙箱剛好疊到門把的高度。這些應該是原本存放在倉庫的東西。每一個紙箱看起來都不重，但總重量應該相當可觀。

爆炸前後的短暫時間，肯定有人從卸貨用的電梯將這些東西運過來。

不過——等一下再思考。

哈羅德用力把埃緹卡的槍扔進火焰中。雖然對她很抱歉，但萬一有人對照剩餘的子彈數量，因此發現自己曾經開槍，那就糟糕了。

哈羅德推開推車，抱起倒地的埃緹卡。纖瘦的身體非常輕。確認她還有呼吸後，哈羅德立刻逃離走廊。登上通往一樓的階梯，震耳欲聾的怒吼便漸漸傳進聽覺裝置。是信徒們發出的聲音嗎？

然而，現在也不能不出去。

就在哈羅德保持警戒，正要推開樓梯間的門時……

「——你們兩個都沒事吧！」

有人從外側拉開了門。哈羅德下意識地後退，但出現在眼前的對象是熟悉的俄羅斯人——搜查支援課的佛金搜查官。他的右手似乎受傷了，在陰暗的環境中也能清楚看見血跡。他的左手則生硬地握著槍。

原來如此，是埃緹卡聯絡了他。也許是埃緹卡告知了自己的位置，或是他請求十時的協助，取得我方的定位資訊——無論如何，得救了。

「她失去意識了，需要立刻接受治療。」

「好。」佛金似乎也很震驚，一看到昏厥的埃緹卡，嘴巴便開開闔闔了幾次。「救護車已經抵達後門了。我掩護你們，你送她過去吧。」

「十時課長呢？」

「她沒事，但被信徒擋住，沒辦法來這裡。」他回頭瞄了一眼。「不要離開我身邊。還有，千萬別讓她摔下來。」

「當然。」

哈羅德聽從佛金說「走吧」的口號，朝走廊邁出步伐。因為停電的影響，所有燈都熄滅了，但對自己來說不算什麼——前往後門的期間，他們一度經過入口大廳附近。闖入的數十名信徒與出面制止的搜查官爆發了衝突，看似石頭的東西飛越空中，即使面對催淚噴霧，信徒們依然毫不退縮地向前衝。幾發警告射擊的聲音響徹四周，從天窗灑落的月光照亮了好幾名躺在地上的傷者。

情況真的相當慘烈。

哈羅德將懷中的埃緹卡抱得更緊了。

順利從後門走到外面時，有些寒冷的風帶來了新鮮空氣——閃著藍色警示燈的救護車對面，巨大的煙火伴隨轟的低沉聲響，在夜空中綻放。

如灰燼般散落的模樣別說是美麗了，甚至有些令人忌諱。

*4*

『比加，丹尼爾舅舅的情況怎麼樣了？』

「他還沒醒來。雖然醫生說應該就快了……」

奧斯陸大學醫院的電話亭——比加使用平板電腦打電話給李。因為是打到位在凱於圖凱努的家的有線電話，畫面是一片漆黑。

『我也會按照約定，準備過去那裡的。所以妳放心吧。』

「謝謝妳，克拉拉。」

聽著表姊妹的溫柔聲音，比加稍微放鬆了一點。既然她要過來會合，就令人再安心不過了。埃緹卡出發前往法國之後，自己這兩天都獨自住在醫院陪伴著父親。因為不安，情緒就快要潰堤了。

比加結束通話，離開電話亭。看到沿著走廊走來的男人，她忍不住皺起眉頭。對方是身材高大且一臉鬍渣的謝多夫搜查官。

「早安，比加。昨晚睡得好嗎？」

「很好。」比加說謊。因為滿腦子擔心父親的事，又睡在病房的堅硬沙發上，她很難好好睡一覺。「請問，案情有什麼進展嗎？偵訊那兩個人的事……」

「還是老樣子。他們堅稱自己只是借用〈E〉的名義，就是不鬆口。」謝多夫一臉不悅。「我很想聽聽丹尼爾的說法，他醒來了嗎？」

「……還沒有。」

「好吧。那麼，我看看他的情況就回去。」

他大步朝住院病房走去，比加也加快腳步跟上。謝多夫每天都會來確認丹尼爾的狀況，目的當然不是探病，而是定期觀察。

「謝多夫搜查官——」比加對他的寬大背影發問。「冰枝小姐他們有聯絡你嗎？」

「妳不知道嗎？」謝多夫疑惑地回過頭。知道什麼？「昨晚總部被信徒襲擊了，好像還發生了火災，新聞也有大篇幅的報導。」

比加錯愕得停下腳步——今天早上，自己還沒看新聞。她慌慌張張地啟動手上的平板電腦，一打開新聞應用程式，首頁立刻跳出這樣的標題：

**【里昂／國際刑事警察組織遭〈E〉信徒襲擊，五十多人受傷，一人命危。】**

——怎麼會發生這種事。

「冰枝和佛金好像都沒事。」謝多夫很冷靜。「大部分的傷者都是信徒，搜查局也有幾個人受重傷，一個人命危。聽說建築物有很多設備受損。」

他邊說邊再次邁出步伐，於是比加也追了上去。既然埃緹卡平安，那哈羅德呢？聽說他也跟那名美女電索官一起去了法國。

比加問起這件事，謝多夫便淡淡地答道：

「這我就不知道了。跟人類不同，聽說警衛阿米客思受到很大的損害。」

「我是指擔任電索輔助官的阿米客思，客製化機型的……」

說著說著，兩人抵達了病房。謝多夫推開拉門的瞬間，比加原先思考的事情全都被拋到九霄雲外。

直到不久前都一動也不動的父親在床上微微睜開了眼睛。

「……比加？」

啊啊——比加推開謝多夫，衝進病房內。

*

里昂南部——綜合醫院的八樓有一座露臺，視野非常遼闊。不只是在醫院用地內行駛的巴士，連下方的紅磚房屋及綠意盎然的丘陵都能一覽無遺。

埃緹卡靠著長椅，深吸一口氣。早晨的風溫暖又乾燥，滲透了喉嚨的輕微燙傷。

雖然自己一時失去意識，所幸沒有大礙。這都是多虧有哈羅德與佛金迅速將自己送上救護車。症狀在中症的範圍內，只要吸入高濃度的氧氣並治療燙傷就沒事了。

「不論如何，妳今天一定要靜養。」

彷彿讀取了埃緹卡的心思，眼前的佛金搜查官這麼說道。整晚沒睡的他站著，用疲憊的表情盯著半空中。他應該是在操作YOUR FORMA吧——佛金在襲擊發生當時，似乎被信徒砍傷了。受重傷的右手被一圈一圈的免縫膠帶包紮，恐怕暫時無法活動。

「我也要回總部。你一個人又沒有慣用手可用，應該很不方便吧。」

「妳擔心妳自己吧。」他斷然拒絕。「好不容易有病房可住，妳今天就別出醫院了。辦案的工作交給我和十時課長就好。」

「可是……」

「妳不用面對『那個狀態』的課長，已經很幸運了。」

佛金的玩笑讓埃緹卡完全笑不出來，而他自己也臭著一張臉。那個狀態——也就是十時課長得知甘納許被炸掉後的狀態，據說相當悲慘。即便有將資料備份，無可替代的愛貓迎來壯烈下場的事實仍然不會改變。

「呃……」埃緹卡經過一番思考，最後只能這麼說：「請幫我向課長問好。」

佛金只是默默地聳了一下肩膀——埃緹卡最近發現這應該是他的習慣動作——然後舉起貼滿膠帶的右手，邁步離去。他走出露臺的時候，一名阿米客思正好與他擦身而過，來到這裡。埃緹卡不禁睜大眼睛。

是哈羅德。

一與埃緹卡對上眼，他便露出柔和的微笑。與其說是刻意營造的完美笑容，看起來更像是因為放心而產生的自然表情——他毫不猶豫地朝埃緹卡走過來。或許是把被炸得焦黑的夾克處理掉了，他已經換上一件乾淨的襯衫。

埃緹卡還以為他去了修理工廠。

「妳現在感覺怎麼樣呢？」

「已經沒事了……我才想問，你的傷勢如何？」

「暫時完成了緊急處理。」

哈羅德說著，在埃緹卡身旁坐下。他的脖子上包著看似人類所使用的繃帶。這麼做或許確實能保護後頸的裸露電路板。

「你應該快點接受修理。」

「我當然有那個打算。不過，我想在那之前來看看妳。」

「是喔。」埃緹卡一瞬間語塞。「如你所見，我很好。多虧有你救了我。」

「這都要歸功於佛金搜查官。要不是有他在，我們也不可能平安無事。」哈羅德轉頭看著佛金離去的方向。「下次我可得招待他享用美味的果仁糖塔呢。」

「到時候，我也會一起請客的。」

柔和的日光灑落在露臺一角的和風庭園，人造楓葉與純白的石磚反射著陽光，鮮豔得刺眼。

然而，鼻腔深處彷彿還殘留著濃煙的氣味。

「妳沒事真的太好了。」他的低語就像在對自己說話。「如果妳有什麼萬一，我真的會後悔莫及。」

「你……說得太誇張了吧。」

不過，埃緹卡也打從心底覺得哈羅德沒死真是太好了。雖然這麼想——一旦遠離生命危險，自己又很難坦白說出這份感受了。

連自己都覺得這種性格真是無可救藥。

「對了，襲擊搜查局的那些信徒怎麼了？」

「除了傷者以外，大部分都被逮捕了。有幾名信徒仍在逃，但還有YOUR FORMA的定位資訊，他們恐怕躲不了多久。」

襲擊的隔天——據說入侵國際刑事警察組織的信徒實際上將近八十人。大多數人都如同埃緹卡的推測，混入了觀賞煙火的遊客中，等待下手的時機。他們身上藏有投擲物或刀械等凶器。幸虧當時在場的十時等上級搜查官下了正確的判斷，所以只有造成人員受傷，但有兩名搜查官受到重傷。其中一名被利刃刺中多處，性命垂危。今後有可能會接獲壞消息。

另一方面，信徒全都被當場制伏，沒有任何人抵達保管庫。

搜查局對外是這麼發表的。

「現在就認為情報沒有外流還言之過早。」哈羅德說道。「請別忘了，『搜查局之中也有〈E〉的信徒』。」

沒錯——把裝著爆炸裝置的甘納許帶進配電室的人就是信徒。了解「煙火」的計畫，並且趁著十時不注意的時候帶走甘納許的人，就潛伏在局內。

「那個間諜一開始就打算引發停電，讓信徒闖進搜查局吧。」

「信徒在社群網站上的貼文也有暗示計畫的內容。『煙火』似乎本來就是巧妙利用革命紀念日的暗號。」哈羅德開啟裝置的全像瀏覽器，把畫面給埃緹卡看。「襲擊各位搜查官的住宿地點，應該也包含了聲東擊西的意圖。」

「我想也是。」實際上，十時等人都忙著應付襲擊，沒注意到甘納許。「沒有紀錄顯示是誰帶走了甘納許嗎？」

「停電的時候，監視攝影機的影像也遭到刪除。」

「那就沒轍了……」

「而且帶走甘納許的間諜想殺了我。」他關閉瀏覽器。「既然逃生門被刻意堵住，我就可以確定。」

埃緹卡不禁皺起眉頭。他說「間諜想殺了我」？

「差點被殺死的人不只是你，我也一樣。」

「是的，但對方的目標應該是我。因為我恐怕知道對〈E〉不利的情報。」

原來是這麼回事——埃緹卡鬆開交扣的手指，背部離開長椅的椅背。

「所以……你早就知道間諜是誰了吧。」

哈羅德臉上的笑容已經完全消失。

「是的。」端正的嘴唇靜靜答道。「話雖如此，我還是不知道〈E〉的真面目。」

「——要說真面目的話，我應該知道。」

埃緹卡這麼一說，他便微微睜大眼睛。這番話當然不是虛張聲勢，而是事實——不過前提是，這個推測並沒有落空。

埃緹卡對阿米客思闡述了自己的推理。

「原來如此。」哈羅德似乎也恍然大悟了。「如果真的如妳所言，一切確實都說得通了。」

「我是不知道你所謂的『一切』指的是什麼，總之——」

「只要妳願意聽，我會全盤托出的。當然也包括那名間諜的身分。」

埃緹卡忍不住凝視他的臉龐——哈羅德不帶戲謔之意，只是真誠地回望埃緹卡的雙眼。凍結湖面般的瞳孔仍舊有如冰冷的玻璃，沒有任何溫度，完美的眼瞳。

然而，其中彷彿帶著某種初步成形的堅定意志。

「埃緹卡，我曾經答應妳，要努力與妳建立對等的關係。」

金髮暴露在柔和的陽光下，看起來褪色不少。

YOUR FORMA

「我再也不會做出利用妳的行為。絕不——所以，希望妳願意聽我說。而且如果可以，請妳像以前一樣幫助我。」

哈羅德的語氣很沉穩，但聽起來又像是某種誓言。

埃緹卡藏不住臉上的驚訝。他確實說過，會努力貼近身為人類的自己。埃緹卡也覺得他將自己當作棋子利用的行為愈來愈少了。

不過，今天是自己第一次當面聽見他這麼說。

啊啊，雖然難以形容——

這份感受，一定是喜悅吧。

如果不是處在這種狀況下，自己想必會更開心。

「我……當然想聽聽你的推理，也打算幫助你。只不過——」

因為複雜的心情差點寫在臉上，埃緹卡忍不住緊張起來。今天還沒有使用先前那種調理匣，必須小心一點，免得被讀出心思。

「『只不過』什麼呢？」

「我不知道，那件事還算不算數。」埃緹卡的語調變得不太乾脆。可是如果不先說清楚，好像會讓他承擔不必要的責任。「我想說的是，我已經不是你的搭檔了。建立對等關係的約定也一樣，如果我們不會再一起工作，那大概沒什麼意義……我當然覺得很高興就是了。」

埃緹卡看到哈羅德挑起眉毛，仍繼續說下去。

「簡單來說，現在的你應該談論這些事的對象不是我，而是羅賓電索官吧。也許是我太多管閒事，但——」

「是的，確實很多管閒事。」

「我沒有冒犯你的意思，只是……」

「妳明明說過『我滿腦子都想著你』，為什麼要這樣嘴硬呢？」

埃緹卡的頭腦瞬間變得一片空白——然後下意識地萌生逃跑的念頭。哈羅德似乎察覺了這一點，於是在埃緹卡站起來之前就伸手抓住她的手臂，而且力道相當大。

糟透了。

自己當時確實不小心說出了那種話。

——『可是、可是我還是忍不住……想著關於你的事……』

為什麼自己沒有考慮到以後會被拿來當作話柄的可能性呢？

「不對，那只是，我一時……」說話不由自主地結巴。「我是說，我以為自己會死，呃，該說是一種比喻嗎……而且我才沒有說我滿腦子都想著你！我只說我想著關於你的事……」

YOUR FORMA

「我不認為那有多大的差別。」

「差別可大了。」

「埃緹卡，妳一定要面臨生命危險才會變得老實嗎？」

「我只是說了我覺得應該告訴你的話。而且我以前也說過，不要那樣稱呼我——」

「其實我也在想著關於妳的事。」

——啥？

埃緹卡現在的表情大概就是所謂的瞠目結舌吧。不過，哈羅德的表情依然嚴肅。他既沒有補充表示剛才的話只是玩笑，也沒有露出一如往常的笑容。他恐怕是認真的。

「萊莎非常優秀，是個無可挑剔的電索官。但無論是與她一起潛入的時候，或是共同辦案的時候，我總是會不經意地想起妳的事。」

埃緹卡連眨眼都忘了。

「前幾天，萊莎說要帶我在里昂觀光，所以我們一起去了羅馬劇場。」不知道究竟有沒有察覺，他順勢說了下去。「即使身邊的人不是妳，一切卻仍然成立的感覺，讓我始終感到不自在。我也不太會形容，那是一種心神不寧的感覺，但這跟我以前對妳說過的『心神不寧』又不太一樣。」

「等一下。」埃緹卡勉強插嘴。「你真的知道……自己到底在說什麼嗎？」

「我知道。」哈羅德一臉疑惑。「我可以用言語表達，所以能理解。」

埃緹卡一時之間難以置信，覺得他的態度肯定另有隱情。至少可以確定他以前都是如此——所以他只是裝出認真的樣子，實際上是在胡鬧嗎？

「聽好了，你可不要太小看我。」

「我怎麼敢呢？我並沒有小看妳。」

「哪裡沒有了？」埃緹卡抽回自己的手臂。「總之，我要聽聽你的推理……」

「妳想說我很反常吧？」哈羅德沒有退讓。「我很清楚，我也覺得自己的情感引擎有問題。不過，因為沒有顯示錯誤，這應該是包含在系統之內，但過去從來沒有使用過的感情。」

「我完全聽不懂你在說什麼。」

陽光絲毫沒有減弱，漸漸侵蝕身體。背脊累積著一股難以忍受的熱度——這是什麼感覺？

怎麼回事？

「妳是個很特別的人，埃緹卡。」他的音調冷靜得清澈。「我認為你們人類的本能是『接納自己有辦法理解而且安全的事物』。換句話說，大多數的阿米客思之所以受到人類的喜愛，就是因為他們充滿人性，但又沒有足以凌駕於人類的智慧。」

相較之下，我就沒有他們那麼討人喜歡了──哈羅德補上這句話。

「不過，妳得知這一點後仍然沒有排斥我。不，請容我更正。妳不排斥我也在我的預料之內。」

「我想也是。如果你不那麼想，就不會對我展現你的『本性』了。」

「是的。不過妳說想跟我成為對等的搭檔……完全超乎我的計算。因為對我來說，跟人類建立對等的關係一點也不重要。可是，既然妳希望如此，我也想嘗試看看。」

「……嗯。」

「我想我應該是對妳產生興趣了，以一個人類而言。」

此刻出現在這裡的，毫無疑問是「機械」的他。他不是明知敬愛規範不存在，仍為了被他人接納而表現出人性化作風的哈羅德。他毫無遮掩，表現出看似人類卻又不是人類的本質，對埃緹卡訴說自己的想法。

他對埃緹卡的信賴超乎想像。

即使埃緹卡已經不是電索官，他仍然願意與她交流──這是出於機械對知識的好奇心嗎？雖然搞不太清楚就是了。

「妳呢？」阿米客思的眼睛平靜得美麗。「為什麼妳會想著我？」

該怎麼回答才好呢？

剛開始，埃緹卡懷疑自己是想要有個溫柔對待自己的人才會依賴他。

可是，這似乎不是唯一的理由。

那麼——為什麼自己會如此受到這個阿米客思的吸引？他有許多難以理解的地方，自己也常常受他傷害。可是，即使如此，自己還是想與他站在對等的立場……

甚至懷抱祕密的理由究竟是——

「理由……」

視線隨著風向流動。山丘上的房舍屋頂靜靜地褪色，飄蕩的淡薄雲朵遮擋了陽光。

「也許就跟你差不多吧。」

哈羅德的目光搔弄著太陽穴。

「這話怎麼說？」

「人類只要潛入就能理解。」雖然自己現在無法潛入，但過去確實是這樣。「可是，你跟人類不同。你是黑盒子的化身，有許多我不知道的事。有時候像機械，有時候又像人類，難以捉摸……所以，我也許是對你感興趣吧。」

感興趣。

這麼說絕對不是謊言。

不過——這麼說也的確不足以形容。

現在，自己還無法好好表達。

他有些驚訝。「我以前應該也說過類似的話……妳原本明明很討厭阿米客思，真的改變了很多呢。」

「我又不是對阿米客思感興趣。」埃緹卡的目光回到哈羅德身上。「我想……應該是因為對象是你。RF型跟其他阿米客思不同，很特別吧。」

阿米客思的眼尾微微瞇了起來。

「當然，正是如此。」

「嗯。所以……總之，我覺得就是這麼回事。」

埃緹卡只能笨拙地點點頭——看到這個舉動，他忽然笑了。和善的微笑不帶捉弄之意，只有滿滿的溫柔。

「其實我就是為了說這些話，才會在飯店外面等妳。」哈羅德用往常的柔和語調說道。「我的意思是，就算不是搭檔，我也還是妳的朋友……我想告訴妳，我會以朋友的身分努力與妳建立對等的關係。」

——朋友。

這個不熟悉的詞彙聽起來有點令人難為情。

「那個……謝謝你。我也這麼想。」埃緹卡莫名感到尷尬，用腳跟摩擦地面。

「那……怎麼說呢？今後也請多指教。」

「請妳多多指教。」他高興地加深笑容。「那麼難得把話說開，我們來握手吧。」

「可是我們又沒有吵架。」

「我明白了，那就用擁抱代替吧。」

「不用做到那個地步啦。」

埃緹卡馬上拒絕，哈羅德就露出誇張的悲傷表情——想也知道，這都在他的計算之內。真是的，明明前一刻才在討論嚴肅的話題，腦袋轉得真快。

「我只是想表達朋友之間的情誼而已。」

「我知道，但你的肢體接觸太多了。」

「跟法國人的貼面禮比起來，擁抱也沒什麼大不了的吧。」

「你一開始不是說要握手嗎？」

「所以妳可以接受握手吧？謝謝妳。」

不對，我根本沒有那麼說——埃緹卡還來不及這麼反駁，哈羅德就主動握住了她的手。算了，隨便你吧。埃緹卡放棄抵抗，只能望著被他使勁上下搖晃的手。

好吧——偶爾這樣也不壞。

「那麼……差不多能讓我聽聽你的推理了吧？」

「好的。」他像是突然想起這件事，放開了埃緹卡的手。「不過，恐怕會有些說來話長。」

於是，哈羅德開始訴說。話雖如此，花費的時間並不如他說的那麼長。因為內容條理分明，而且他用十分平淡的語氣描述——全部聽完的時候，自己臉上究竟是什麼表情呢？埃緹卡驚訝得啞口無言。

「我不是要懷疑你，你確定真的是這樣嗎？」

「我確定。」他點頭說道。「只不過，這個推測還有缺少的拼圖。」

「缺少哪裡？」埃緹卡完全不懂。「我覺得因果關係很完美啊。」

「不，缺少了一個原因。那就是『妳的資訊處理能力降低的原因』。」

埃緹卡一瞬間屏息。

——他說什麼？

「什麼意思？」埃緹卡口乾舌燥。「我的症狀終究是源自精神方面的問題……」

「我一開始也那麼想。可是那樣一來，我的推理就不成立了。」哈羅德再次露出嚴肅的表情。「妳真的沒有任何頭緒嗎？」

「我要是有頭緒，早就設法解決了。」

「一定有什麼原因，埃緹卡，請妳仔細回想。」

自己一開始當然也懷疑有什麼外在因素。況且就算感覺到壓力，應該也都能靠醫療用ＨＳＢ調理匣加以控制，精神方面的負擔根本就——忽然間，內心感受到一陣寒意。

對了。

比加的父親早就察覺女兒當上了民間協助者。

不只如此，他甚至認得埃緹卡的外表。

還持有飛往里昂的機票。

——難不成……

「請告訴我。」自己的臉色似乎轉變得很明顯，哈羅德也察覺了。「到底發生了什麼事——」

YOUR FORMA突然跳出了來電通知。因為實在太突然了，埃緹卡的肩膀抖了一下。時機真是不巧。埃緹卡按著左胸，確認跳出的視窗。

心臟再次差點凍結。

〈來自比加的語音電話。〉

「…………等我一下。」

埃緹卡看到哈羅德收下巴，便勉強接起電話。

『冰枝小姐？』比加的聲音顫抖得很明顯。『我爸爸剛才醒過來了。』

埃緹卡不禁咬緊牙關。

『對不起，真的很對不起，我什麼都不知道。』她哽咽著。『「是我爸爸做的」。是我爸爸奪走了妳的電索能力……！他擅自對我寄給妳的調理匣動手腳。妳的——』

埃緹卡完全不記得自己是怎麼回應的。

一切——又是設計好的圈套嗎？

掛掉電話的時候，埃緹卡已經在不知不覺間站起來。有種腿軟的感覺。在一旁等待的哈羅德也正好靜靜地站起身來。

「看來最後一塊拼圖已經湊齊了呢。」

「我馬上聯絡課長。」埃緹卡握拳，指甲便陷入掌心。「路克拉福特輔助官，就照你的計畫行事。這次你也有什麼主意吧？」

「哎呀，妳願意交給我嗎？」

「這件事反而應該由你主導。這樣一來，『〈E〉就無法推測我們的行動了』。」

薄雲四散，銳利的日光從天而降。兩人份的影子清晰地落在露臺上。

阿米客思的嘴脣終於描繪出無懼的弧度。

「——我很樂意提議，『電索官』。」

# 第四章——群眾的夢

# 1

「喂？比加？我剛剛收到妳說的包裹了。」

『太好了。我還在擔心如果來不及該怎麼辦呢。』

國際刑事警察組織總部——襲擊騷動之後過了兩晚，現場仍滿目瘡痍。與信徒爆發衝突的入口大廳今天也有許多分析蟻在四處走動，燒燬的配電室則是在進行維修工程。埃緹卡小心地避開滿地的外接電源裝置，走進樓梯間。目前電梯無法使用，所以必須徒步走階梯上樓。

「把這個插進連接埠就行了嗎？」

埃緹卡手裡的小包裹是剛從包裹管理室領取的東西——從打開的蓋子縫隙可以看到一個被緩衝材包著的醫療用ＨＳＢ調理匣。

『是的，它可以讓干涉資訊處理能力的神經傳導物質恢復正常運作。』比加的聲音很沉。『但是無論如何，妳近期還是要去醫院一趟。如果又有什麼萬一就糟糕了。』

「我知道了。啊啊，對了，我還有一個問題。」

對於埃緹卡的問題，比加用沉痛的語氣回答——她因為自責而情緒低落，不過，她的回答讓埃緹卡重新確定了一切。

「謝謝，妳真的幫了大忙。」

『雖然我什麼都辦不到，但會祈求一切順利的。』

「嗯。」埃緹卡點頭，稍微思考之後說道：「這不是妳的錯。我要妳別放在心上，妳可能也辦不到……不過我希望妳不要太自責了。」

比加或許有什麼想法，短暫陷入沉默。

然後鼓起勇氣，極其慎重地深呼吸。

『——我會跟爸爸好好談談自己的想法。』

埃緹卡彷彿能看見浮現在綠色眼瞳裡的決心。

結束與她的通話——埃緹卡在四樓走出樓梯間，進入電索課的辦公室。認識的搜查官都忙著在桌前辦公，其中包括因襲擊而在臉上貼著ＯＫ繃的班諾，以及搜查支援課，甚至還有網路監視課的人。

「冰枝。」佛金搜查官走了過來。「路克拉福特輔助官剛才就出去了。」

「沒問題，我這邊也趕上了。」

埃緹卡把小包裹放在辦公桌上，取出調理匣。她把調理匣插進後頸的連接埠時，佛

YOUR FORMA

金露出不知該說些什麼的表情，從鼻子呼了一口氣。

「真可惜，我本來還覺得能跟妳順利合作下去。」

「我也是。」埃緹卡真心這麼想。「這次的事情是很好的經驗。」

「我也這麼覺得。」他有些害臊地笑了。「好了，工作還沒結束呢。」

被佛金輕拍一下背部，埃緹卡便端正姿勢——然後與站在螢幕下方的十時課長四目相交。她正在招手，於是埃緹卡走了過去。

「妳的包裹來了吧。」十時瞥了埃緹卡的後頸一眼。「老實說，我已經不知道這對妳來說究竟是幸還是不幸了。」

「我希望是最好的選擇。」

「嗯……妳說得對。我們今後也好好合作下去吧。」

埃緹卡與十時的視線不約而同地轉向螢幕——與前幾天相同，螢幕上顯示著〈E〉的討論串。出現在畫面中央的是……

【不要姑息傷害勇敢同胞的電子犯罪搜查局。

搜查官的手上掌握著知覺犯罪案件的真相。復仇吧，復仇吧，復仇吧。】

posted by E／1 hour ago

〈E〉再次提起前天的襲擊騷動，以貼文煽動群眾。接著，內容同樣將隸屬於電索課的搜查官姓名或個人的把柄——大多是關於家人——一一列舉出來。與先前不同的是，就連曾一度受害的搜查官都被當成了目標。

其中也包含萊莎的名字。

【萊莎・傑曼・羅賓。

現居皮爾席茲街的公寓。最愛的兄長身在籠中。】

「十時課長，那些信徒呢？」

「他們好像還有策劃襲擊的意圖，但里昂市內從前天開始就進入嚴密的警戒狀態，所以恐怕很困難。就是因為如此，這個計畫才能得到批准。」十時摸了一下綁好的頭髮。「妳懂嗎？高層只有這次會認可這種荒唐的做法。」

埃緹卡默默地收起下巴——經歷那場襲擊以後，搜查局有兩人重傷，一人命危。高層也認為不能再繼續袖手旁觀了。想要盡早為這起案件畫下休止符的心情，埃緹卡也一樣。

只不過，思緒之中還穿插著微微的異樣感。

現在回想起來，一開始想要掩蓋真相的本來就是搜查局。信徒們犯下的罪行當然不可容忍，但是——

彷彿要斬斷心中的迷惘，YOUR FORMA跳出了新訊息。

「我和佛金搜查官也差不多該出發了。」

「千萬要小心。祝你們順利說服對方。」

埃緹卡向十時道別，與佛金一起走向辦公室的出口。

「如妳所見，我在現場可幫不上忙。」佛金這麼說著，揮動裹滿免縫膠帶的右手。

「我就期待妳的表現吧。」

「如果輪不到我出場，那就再好不過了。」

埃緹卡確認插在腿部槍套裡的新自動手槍（芙蘭瑪15）。

然後，她拔除後頸的調理匣。

彷彿迷霧散去，腦海非常清晰。

沒有一絲雜念。

*

皮爾席茲街從剛才開始就有〈E〉的信徒不時在附近徘徊。他們大概都是看了討論串的貼文，試圖來襲擊萊莎的吧。每次有人靠近，正在巡邏的警員就會上前盤問——哈羅德坐在停放於路邊的富豪汽車中，望著這幅景象。

到頭來，對信徒來說，最重要的是「理由」。

為了宣洩自身的怒火，他們正在等待某人點燃導火線。

老實說，就連理由本身也不一定要是〈E〉吧。

過了一陣子，萊莎從公寓裡走了出來。從旁人的角度也能明顯看出她的臉色相當差——一看見坐在富豪汽車裡的哈羅德，她便驚訝地睜大眼睛。就連這個舉止也顯得有些無力。

哈羅德打開車窗，她便走了過來。

「哈羅德，你怎麼會在這裡……」

「我擔心妳一個人會有危險，所以就來接妳了。」哈羅德不經意地朝副駕駛座撇了個頭。「妳看過〈E〉剛才的貼文了嗎？」

「看過了。」萊莎的表情變得僵硬。「我好像也被當成了目標。」

「總之請先上車吧。」

YOUR FORMA

她一臉不安地點頭，乖乖坐進車內。她穿著合身的夾克，把包包抱在腿上，視線無意間停在哈羅德用穿戴式裝置開啟的全像瀏覽器上。

「……該不會又發生暴動了吧？」

「這次好像還沒有。多虧有許多警察從前天開始就在里昂市內巡邏。」

「這樣啊。」萊莎咬著口紅塗得不均勻的嘴唇。「……我很擔心我哥哥。」

「妳哥哥的安養機構在哪裡呢？」

「在利莫內，距離這裡有點遠。」她焦慮地撥起頭髮。「那是一座小鎮，我不認為信徒會特地跑去那種地方，但如果有什麼萬一……」

「確實，什麼事都有可能發生。我們去看看情況吧。」

「可以嗎？」

「現在這種時候，十時課長應該也能諒解。」

哈羅德馬上開啟地圖給她看——萊莎握著拳頭，猶豫了一下才伸出纖細的手指。她操作全像瀏覽器，輸入安養機構的地址。距離這裡大約有三十分鐘的路程。

「對了，萊莎，妳的身體還好嗎？」

「只是頭有點暈而已。大概是小感冒吧。」

她似乎連微笑的餘力都沒有了。

利莫內距離里昂十二公里左右，是一座位於丘陵地帶的小鎮（Commune）。

載著哈羅德與萊莎的富豪汽車按照地圖，奔馳在公路上。路邊零星排列著看似倉庫的商業設施，擋風玻璃幾乎被天空填滿。雖然可以在路上看見幾輛巡邏中的警車，但完全不同於里昂市內的騷動，安穩的時光不斷流逝。

別說是信徒了，連行人都很少見。

「真是一座寧靜的小鎮，很不錯的地方呢。」

「就是啊。」副駕駛座上的萊莎望著車窗外。「不過這裡還是有觀光景點，例如巧克力博物館……」

「妳有去過嗎？」

「以前跟哥哥去過一次。」

富豪汽車接著轉彎，登上平緩的丘陵。道路一口氣變窄，沿路有許多風格古典的房屋矗立著。當建築物逐漸變少，視野都被樹林占據時，他們總算抵達了目的地。

安養機構「里維耶」靜靜地坐落在丘陵的山腰處——圓形的現代風建築與充滿田園氣息的風景不太搭調。占地比想像中還要廣闊，根據地圖，裡面似乎還附設池塘與教堂等設施。

哈羅德將富豪汽車停放在空曠的停車場，目前仍然沒有見到信徒的蹤跡。他與萊莎一起下車，走進本館。通過安檢門之後便抵達事務處，萊莎開始與人類職員交談。負責接待的人竟然不是阿米客思，而是人類，這還真稀奇。

哈羅德開始自顧自地操作裝置，並掃視入口大廳。大廳中央擺著一座看似天使的雕像，雕像的底部刻著一行文字：

「捐贈者　國際刑事警察組織電子犯罪搜查局總部」。

原來如此——這座安養機構只收容故障的電索官或電索輔助官。搜查局本身應該也在經營方面貢獻了不少資源。正如十時曾經說的，電索官與輔助官基本上是一種高風險的工作，安養機構可以說是必要的投資之一。

不過，自己過去從來不曾聽說過這類「收容所」的存在——哈羅德想著。

「聽說我哥哥沒事。」萊莎回到哈羅德面前。「看護阿米客思好像剛剛才幫他量完體溫。信徒果然沒有跑來這裡。」

「那真是太好了。」哈羅德微笑。「妳等一下要去看他嗎？」

「嗯，我會去見他一面。」她果然還是感到頭暈，用手扶著額頭。「我馬上就回來，你可以在這裡等我一下嗎？」

「我擔心妳的身體狀況，讓我陪妳去吧。」

「我真的沒事，你不用擔心……」

萊莎婉拒了哈羅德，往機構的深處走去。她離去的時候，正好有個坐著輪椅的年輕女性來到入口大廳。看似其父親的中年男子推著輪椅，正在對她說些什麼。女兒用空虛的表情低聲回應父親。

不知道她以前是電索官還是輔助官——系統微微發出雜音。

也許人類本來就不該模仿機械。

就像阿米客思無法真正取代人類一樣。

這個想法突然閃過腦海。

哈羅德毫不猶豫地追上萊莎。

機構的走廊是一道道迴廊，個人房間圍繞著中央的中庭排列。萊莎正好走進其中一個房間。哈羅德站在半開的拉門前，柑橘類的精油刺激了嗅覺裝置。這股味道就跟她的住家一樣。

「雨果哥哥，你好嗎？」

萊莎的溫柔聲音傳了過來——室內與其說是病房，更像是起居室。牆壁與地板漆成撫慰人心的象牙色，桌子與沙發等家具也很齊全。淡淡的陽光從面向中庭的大面窗戶照射到室內——坐在床上的青年進入哈羅德的視野。他似乎正在用餐，看護阿米客思用刀子將長棍麵包切成小塊，送到他的嘴邊。不過，青年動也不動，不願意吃東西。

「抱歉在用餐時間來打擾。」

「請別介意。」看護阿米客思答道。「他今天好像沒有什麼食慾。」

雨果長得很像妹妹，相貌端正。不過他的臉色很差，嘴脣也非常乾燥，眼神甚至無法對焦。雖然頭髮剪得很整齊，但沒穿鞋子的腳趾甲裂開了。

哈羅德不禁微微皺起眉頭。

這就是引起「自我混淆」的電索官嗎？

簡直就像是——停止運作的阿米客思。

「哥哥，你等一下。我來餵你。」

萊莎單方面對雨果行了貼面禮，然後走向桌子。桌上放著近年來已經很少見的整套桌上型電腦。彎曲的大型螢幕，加上體格魁梧的主機。看起來似乎是高規格的機種，但算不上流行。

看護阿米客思將原本放在腿上的托盤放到桌上，似乎是決定把剩下的工作交給萊莎。阿米客思與她交談了一兩句以後，朝這裡走了過來。阿米客思雖然有看見哈羅德，卻沒有特別留意，直接離去。

哈羅德開始思考，自己應該如何體諒萊莎心中懷抱的悲傷。

體諒這個行為本身恐怕不太合理吧。

「萊莎。」

哈羅德走進房間，反手將門關上。她驚訝地抬起頭——雖然只有一瞬間，她的表情明顯變僵硬了。很快地，她露出不知所措的笑容。

「哈羅德，我都叫你等我了……」

「不好意思，我還是很擔心妳。」

哈羅德瞄了雨果一眼。他就跟剛才一樣，只是茫然坐著，看起來甚至沒有注意到哈羅德。

「抱歉，我馬上就好了。」

她有些焦急地敲打著鍵盤。磨過的指甲接觸到按鍵，發出喀嚓喀嚓的清脆聲響。

「好氣派的電腦，是妳哥哥的東西嗎？」

「嗯，這是他以前的興趣……到了現在，我哥哥的朋友有時候還是會寄電子郵件過來，所以我得幫忙回覆。」

「怎麼不像YOUR FORMA一樣，使用自動回信應用程式呢？」

「因為他不喜歡那種東西，平常都是我代筆。」

「原來如此……光靠應用程式確實很難。因為程式沒辦法寫出像〈E〉的貼文那麼戲劇化的內容。」

敲打鍵盤的聲音停止了。

「妳想在信徒盯上妳哥哥之前阻止他們嗎？」哈羅德舉起裝置的全像瀏覽器。「不過……我不認為這些內容能說服他們。」

顯示在瀏覽器上的是早已熟悉的網路討論串。

【警告各位，電子犯罪搜查局將埋伏在各地。
暫停復仇，各自待命吧。等待下一個指令。】

posted by E／1 minute ago

「……你在說什麼？」萊莎仍面不改色，只是皺起眉頭，表現出難以理解的樣子。

「他又發文了吧。還是不要當真比較好，〈E〉肯定是別有居心——」

「請讓我看看那個螢幕，萊莎。」

撕裂般的沉默充斥四周。顯示在全像瀏覽器上的討論串正在自動更新，不斷讀取新的貼文。信徒們陸陸續續寫下心中的困惑。

【我們有這麼多同伴受傷了耶。】【當初不是你叫我們復仇的嗎？】【我們有理由戰鬥。】【管他什麼埋伏。】【我一開始就反對了，到此為止吧。】【這看起來不像〈E〉的貼文，應該是好久不見的假貨吧？】【冒牌貨給我閉嘴。】

「有一件事，我必須向妳道歉。」哈羅德關閉瀏覽器。「今天早上以〈E〉的名義將妳哥哥列為目標的貼文，『是我寫的』。」

沒錯——「不要姑息傷害勇敢同胞的電子犯罪搜查局」等等一連串的貼文，全都是由哈羅德所發表。他在電子犯罪搜查局的協助之下，刻意公開了搜查官的個人資料。

萊莎緊咬下唇，哈羅德知道那是在演戲。「……你在開玩笑嗎？」

「不。」這是事實。「據說〈E〉剛開始發文的時候，網路上充斥著冒牌貨。後來冒牌貨漸漸消失，是因為〈E〉開始成為知名的信仰對象，而且以異常精確的陰謀論作為武器，使得任何人都模仿不來。」

不過，如果只是散布搜查官的個人資料，就沒有必要捏造陰謀論。

這麼做的目標只有一個。

「如果我的推測正確，擔心哥哥會因貼文而遇襲的妳應該會前往〈E〉所在的地方。因為妳必須發出能使信徒收手的訊息，才能保護哥哥。畢竟是突發狀況，所以網路機器人並沒有預設發文內容。」哈羅德定睛回望雙眼眨都不眨的她。「萊莎，妳會代替〈E〉在討論串發文對吧？」

她閉口不語，但這個舉動說明了一切。

「〈E〉『就在那臺電腦裡嗎』？」

哈羅德一面發問一面回想昨天的記憶。

也就是埃緹卡在綜合醫院的露臺所說的推理。

『話雖如此，我還是不知道〈E〉的真面目。』

『——要說真面目的話，我應該知道。』

那個時候，埃緹卡如此斷言的表情沒有任何迷惘。

『你想想看吧。〈E〉的陰謀論一開始很隨便，現在卻準確得異常，甚至足以宣稱自己具有「窺視思想」的能力。』

『可是，那終究只是單純的口號吧？』

『當然沒錯。可是就算無法窺視思想，也有方法能了解對方。』

微微的光線照射到她的瞳孔之中。

『簡單來說——「就跟你一樣」，福爾摩斯。』

哈羅德當時的感覺正好能用恍然大悟來形容。

他打從一開始就排除了這個可能性，畢竟相當於萊克希博士的天才並不多見。他下意識地認為，世界上不可能有ＡＩ能與ＲＦ型匹敵。

『像博士那麼優秀的工程師，會有第二個人嗎？』

『我也對這一點抱有疑問。即使如此，這個假設也是可信度最高的。』埃緹卡說話的同時，似乎也在思考。『〈Ｅ〉……大概不是阿米客思。像ＲＦ型這麼特殊的阿米客思實在太引人注目了，所以應該是像應用程式一樣，沒有機體的ＡＩ。就像健康管理應用程式可以靠著不斷的學習，詳細掌握使用者的性格傾向……當然了，〈Ｅ〉的性能應該更強。』

〈Ｅ〉是能精準掌握個人特質，並預測其行為的分析型ＡＩ。

她是如此推理的——正因如此，不只是泰勒的思想誘導，連十時更改埃緹卡的住宿地點時，它也能從十時本身的思考傾向得出變更後的飯店。這個過程幾乎等於哈羅德的推理。

另一方面，〈Ｅ〉可以分析的對象應該僅限於人類。

『原來如此。』哈羅德不禁頻頻點頭。這麼解釋確實有道理。『也就是說，他的貼文完全沒有提及深入偵辦知覺犯罪案件的我，就是因為如此吧。』

『大概吧，不過〈Ｅ〉並沒有身體。將分析結果發表到討論串的，是人類……如果你的推理正確，那應該就是羅賓電索官。』

有必要找出萊莎．羅賓與〈E〉的「藏身處」——埃緹卡是這麼說的。

而地點竟然就在安養機構——在她最珍視的哥哥的房間裡，實在太過諷刺了。

哈羅德靜靜關閉記憶。

「就某方面來講，我們都成了圖靈測試的審查員。對吧，萊莎？」

「我聽不懂你在說什麼。」她一臉茫然地搖搖頭，暗金色頭髮隨之搖曳。「你在懷疑我嗎？為什麼要這樣……」

看來她似乎還不打算認罪。

「妳的演技令我佩服不已，不愧是曾經學習戲劇的人。不過，妳敗給恐慌而帶我來到這裡，是致命的錯誤。」哈羅德淡淡地說了下去。「妳的目的始終都是查明知覺犯罪案件的真相。妳曾經想透過我的記憶，閱覽搜查資料吧？」

「你在說什麼？」

「妳故意在羅馬劇場被信徒襲擊，為的是帶我前往不會被別人看見的自家，將我的記憶複製到那臺平板電腦裡……畢竟存放搜查資料的保管庫可以說是國際刑事警察組織中戒備最森嚴的地方，除非得到祕書長的正式許可，否則幾乎不可能進入。因此，對妳來說，參與搜查的我的記憶是通往真相的捷徑。」

「不對。」她擠出這句話。「我沒有做那種事。」

「只不過遺憾的是，我的記憶中並沒有搜查資料。況且，搜查局施加保護措施的記憶基本上無法用外部裝置讀出。因為身為『搜查官』的阿米客思只有我，妳可能不知道這件事。」

「你聽我解釋。」

「我在聽。」哈羅德露出冷靜的微笑。「妳原本認為從我身上取得搜查資料，就能達到自己的目的。以〈E〉的身分在討論串發表思想誘導一事，只是對搜查局的一點小報復。雖然光靠信徒大概無法得到保管庫中的真相，還是能透過發文來讓搜查局陷入混亂……然而，既然竊取我的記憶是一場空，那情況就不同了。」

她只是搖頭。

「事與願違而感到惱怒的妳為了闖進保管庫，利用了信徒發起的襲擊。沒錯，妳決定順勢加入那名縱火犯的『煙火』計畫。」

「不對……」

「就像找人在羅馬劇場襲擊自己時一樣，妳也隱瞞了自己的搜查官身分，在社群網站上跟那名縱火犯聯繫過吧？妳將十時課長的住址提供給他，請他在甘納許身上安裝爆炸裝置的計畫也是妳想出來的。」

在那棟公寓，萊莎直接從十時手中得到甘納許——為的是將爆炸裝置帶進搜查局。安檢門的全身掃描應該能找出裝置。可是，接觸到搜查局這個新環境的甘納許會以取得空間資訊為系統的優先事項。換句話說，它在掃描完成之前就溜過了安檢門下方。即使警衛阿米客思有看到這一幕，也不太可能從十時所持有的機械寵物身上感覺到特別的危險性。

如果不是在十時手下工作的萊莎，也無法想到如此巧妙的方法。

「發生襲擊的那一晚，妳假裝自己已經回家，趁課長不注意帶走了甘納許。準備好引爆之後，妳將它留在配電室……因為妳知道第一個找到貓的人會是冰枝電索官。」

「太誇張了，我根本不可能猜得到。」

「妳同樣利用了信徒，提供線索給電索官吧？因為〈E〉能推測人類的行為，妳早就知道她會察覺真相，然後前往配電室。」哈羅德不著痕跡地踏出一步。「妳有充足的理由藉著那場爆炸殺死我，所以妳才會促使我去見電索官，對吧？」

萊莎疲憊似的靠著桌子。她抬起手，扶著額頭。

「我還以為你昨天就已經被修好了，但大概還有故障的地方吧。」

「很遺憾，我並沒有故障。」哈羅德毫無笑意地說道。「趁著停電時引誘信徒闖入的計畫雖然能有效打擊搜查局，卻會引發內部存在叛徒的疑慮。妳對我說出了自己哥哥的遭遇，這樣的表演手法能在複製記憶的時候確實轉移我的注意力，而且萬一搜查局閱覽我的記憶，也不會顯得可疑……但現在情況卻有所轉變。」

萊莎有入侵保管庫的動機。既然哈羅德已經得知這件事，便有可能構成威脅——她恐怕是想將哈羅德連同記憶一起除掉吧。

「那個時候，擋住逃生門的推車上堆放著倉庫裡的貨物，雖然總重量很重，但每個箱子都偏小，一個人就能搬運。換句話說，即便是身為女性且腳受傷的妳也搬得動。」

「請你適可而止。明明沒有證據，你這樣是在侮辱我！」

「我確實還沒有出示決定性的證據呢。」哈羅德把手伸進夾克的內口袋，取出那樣東西。「不好意思，因為我沒什麼教養……在妳家的垃圾桶裡發現這個，就忍不住撿起來了。」

哈羅德放在手掌上給萊莎看的東西——是一個使用過的醫療用ＨＳＢ調理匣。

這次，萊莎的臉色明顯開始發白。

埃緹卡之所以失去電索能力，是因為比加的父親——丹尼爾動了手腳。丹尼爾持有的物品中包含飛往里昂的機票。據說他當時對比加說過，自己外出是為了「以生物駭客的身分替委託人看診」。

而比加在奧斯陸的搜查過程中對埃緹卡這麼說過。

YOUR FORMA

──『生物駭客的技術中，好像有方法能操作資訊處理能力。』

換句話說，這就是無可動搖的證據。

「十時課長向我介紹妳的時候，曾說妳『最近處理能力不斷上升，必須定期替換輔助官』。當然了，這種才華洋溢的人確實存在，不過……」哈羅德把玩著手中的調理匣。「萊莎，我認識真正的『天才』。她與妳的潛入方式，實在不是用電索官的個人差異就能解釋的。而且結束電索之後，妳一定會踉蹌。勉強提高資訊處理能力的行為無疑對妳的大腦造成了莫大的負荷。」

強制提高資訊處理能力。

根據比加所轉述的丹尼爾的說法，透過醫療用ＨＳＢ調理匣提高YOUR FORMA與腦部的契合度，就能辦到這一點──具體的做法是使用生物駭客調製的藥品，干涉神經細胞的刺激，藉此大幅提高資訊處理能力。要維持這個狀態，當然必須每天使用調理匣。這段期間，大腦會被迫承受負荷過高的狀態，理所當然地遭到侵蝕。

這種治療方法必定會引發後遺症，所以在一般醫療機構是被禁止的。

但在生物駭客之間，這些技術以不同的形式留存了下來。

所以，萊莎決定借助他們的技術。

她聽說有生物駭客自稱〈Ｅ〉的「使者」，於是利用了丹尼爾。萊莎一方面提高自己的資訊處理能力，一方面又與他串通——對比加寄送給埃緹卡的調理匣動手腳，奪走了她的電索能力。

一切都是為了接近曾經偵辦知覺犯罪案件的哈羅德，合法閱覽他的記憶。

「電索信徒的時候，妳發生了頻繁的逆流……那也是妳刻意引起的吧？為了避免可能讓自己露出馬腳的機憶流向我，妳故意引起逆流，混淆視聽。妳能辦到這種事，也是多虧了調理匣嗎？」

萊莎的臉龐即便有化妝，仍然蒼白得一眼就看得出來——她感到不適的原因，毫無疑問在於調理匣。本來丹尼爾預計替萊莎看診，可是他卻在奧斯陸機場被埃緹卡等人逮捕，沒能飛往里昂。

「我有一個疑問。為什麼妳沒有一開始就襲擊保管庫呢？」

萊莎咬緊牙關——彷彿再也無法忍受，她的手從腰上的槍套中拔出自動手槍，纖長的手指解除了安全裝置。

槍口毫不猶豫地指向哈羅德。

「……因為萬一我是犯人的事情曝光，我就沒辦法再陪著哥哥了。」

她的食指已經觸碰到扳機。

萊莎終於承認了。

YOUR FORMA

哈羅德對她瞇起一隻眼睛。「可是，妳最後還是去了保管庫。如果妳好不容易查出了真相，就應該不顧被捕的後果，勇於告發才對。」

「如果你在那場爆炸中喪生，就能死得痛快了。」萊莎似乎已經沒有餘力掩飾。「這會讓你有點痛苦……但你願意原諒我吧。」

「妳在這裡對我開槍的話，會被職員發現的。」

「我只要假裝是你失控就好。對不起，哈羅德——」

她的手指即將扣下扳機時——

突然間，入口的拉門開啟了。

萊莎一驚，於是移開視線——哈羅德瞄了一眼穿戴式裝置，上面浮現小小的通話中圖示。

哈羅德也不禁讚賞自己的完美計算。

「把武器丟掉，萊莎·羅賓電索官！」

出現在門口的不是別人。

正是舉槍的埃緹卡。

啊啊——埃緹卡皺起臉。親眼看見拔槍的萊莎，難以壓抑的苦澀便不由得湧現。

內心有某個角落一直在祈禱，希望哈羅德的推理落空。

但他這次又說中了。

「說得也是……」萊莎的槍口仍然指著哈羅德，臉上浮現冷酷的笑容。「你一個人根本不可能抓住我，她當然會來了。」

「把槍交出來，雙手放到腦後。」

埃緹卡如此嚴厲地命令，她便朝埃緹卡瞥了一眼——然後緩緩從扳機上鬆開手指。萊莎放開手中的握把，手槍便順勢掉到地上。

埃緹卡還以為她會抵抗，但她好像打算乾脆地投降。

「好吧，是我輸了。」

萊莎自暴自棄般說道，往上撥起頭髮。她作勢踢出落在腳邊的槍——

卻突然嚴重地踉蹌。

埃緹卡嚇了一跳。萊莎就像是從膝蓋失去了骨骼的支撐。她試圖用單手抓住桌子，卻又無力地癱倒——哈羅德立刻奔上前，在千鈞一髮之際抱住她。

對了，一定是那種調理匣的影響。

『冰枝？』原本就用語音電話聯繫的佛金搜查官發問了。『怎麼了？需要支援的話，我馬上——』

「請叫救護車。」埃緹卡趕緊放下手槍。「羅賓電索官她……」

「掛斷電話。」

冷靜的聲音響徹四周，讓埃緹卡渾身僵硬——她一抬起頭，便看到原本昏倒的萊莎正看著自己。她維持抱著哈羅德的姿勢，「用手中的餐刀抵著他的後頸」。阿米客思的手無處可去，靜靜地懸在半空中。

「……萊莎。」

「不要動，哈羅德。」

埃緹卡望向桌面，放著早餐的托盤上獨缺了餐刀。她在那個瞬間搶走了餐刀——埃緹卡只能咬牙。連哈羅德都沒能看穿她的意圖嗎？

完全被她騙了。

『知道了，我會通報——』

埃緹卡祈求佛金能明白，單方面掛斷電話。不管怎麼想，目前都只能聽從她的要求。萊莎的餐刀只要稍加施力就能貫穿哈羅德的後頸，根據角度不同，甚至有可能觸及大腦——也就是中央運算處理裝置，破壞阿米客思的中樞。

「掛斷了吧？現在把門鎖上，把槍丟掉。」

埃緹卡乖乖遵照她的要求，把房門上鎖，並卸除手槍的彈匣。埃緹卡把這些東西扔向萊莎，舉起雙手。

接下來該怎麼辦？

埃緹卡瞬間與哈羅德交換視線。

「幸好妳是朋友派，冰枝電索官。」萊莎仍然沒有放開他。「如果妳不希望我殺了哈羅德，就乖乖聽我的話。」

「……好吧，我該做什麼？」

埃緹卡一面回答一面偷偷觀察房間內。佛金搜查官在停車場待命，遲早都會趕來這裡。不過，如果他貿然闖入，萊莎有可能會傷害哈羅德。有沒有什麼其他方法……

「聯絡事務處，叫他們替我和哥哥準備一輛車。為了防止你們追蹤，要解除GPS，另外還要網路絕緣單元。」

「萊莎。」哈羅德冷靜地開口。「請妳放棄吧。無論如何，妳都逃不掉的。」

「閉嘴，你想被我刺穿嗎？」

「路克拉福特輔助官。」

埃緹卡勉強喊道。現在不該刺激萊莎——但他不知道有沒有聽見，仍然繼續訴說。

「我對妳說過，思想誘導並不是事實，但妳聽不進去。」

YOUR FORMA

「當然了，我怎麼可能相信那種謊言？」

「我是希望妳能回頭。那個縱火犯的計畫本來是會失敗的。妳協助襲擊保管庫的話，計畫雖然能成功，卻會造成許多人受傷。這應該不是妳的本意。」

「別說得好像你很懂。」萊莎煩躁地用餐刀觸及哈羅德的後頸。埃緹卡不知道他的皮膚是不是被刺破了。「我不可能回頭。這麼……這麼可怕的事情被掩蓋……你們卻還能一副若無其事的樣子，就是因為這不關你們的事，因為你們跟故障無緣。」

「羅賓電索官，請妳冷靜。」

埃緹卡原本想踏出半步，卻被萊莎銳利的視線釘在原地。她的眼神帶著忿忿不平的怒火，瞪著埃緹卡。

埃緹卡熟知這種眼神。

因為她已經見過好幾次了。

「——深受YOUR FORMA青睞的妳應該無法理解吧，『天才電索官』。」

萊莎不屑地吐露怨恨。

對於使哥哥陷入自我混淆的知覺犯罪，她想追求真相，否則哥哥賭上一切去電索感染者的努力便形同白費。

雨果就像一尊人偶，坐在床上。埃緹卡看著他的空虛表情，想起那一天的巴黎——

自己為了進行電索，與身為輔助官的班諾一起造訪了市內的布兒碧耶加雷醫院。

那個時候，班諾用厭惡的眼神俯視著埃緹卡。

──『在我們去搜查其他案件的時候，同事們可是拚死進行電索才找出感染源。』

其中一名同事就是雨果──待在這裡的他正如字面所述，只是一具空殼。這個狀態幾乎等於死亡。他會變成這樣，當然不是埃緹卡的錯。

可是──

一直以來，埃緹卡光是面對自己的傷痛就筋疲力盡。

就算是現在，肯定也一樣。

「萊莎。」哈羅德繼續說下去。「搜查局的行為確實算不上正當。可是，妳沒有必要為此承受更多痛苦。」

「別說了。」

「妳哥哥的電索已經開花結果。正因為他付出的努力，我們才能逮捕泰勒。即使真相遭到掩蓋，這個事實仍然不變──」

「我叫你別說了！」

她握刀的手被激動的情緒支配。

埃緹卡屏息。

自己應該介入嗎？

「——妳哥哥也不希望妳這麼做。拜託妳，到此為止吧。」

哈羅德緊緊抱住她。

「你根本不了解我哥哥的感受，不要隨口胡說……！」

萊莎的手在盛怒之下高高舉起餐刀，尖端對準了他——不行！埃緹卡幾乎忘我，衝了出去。

刀刃開始落下。

埃緹卡伸出手，但來不及。

冰冷的凶器正要刺中哈羅德的後頸時——

軌跡偏移了。

某種東西從旁邊撞上了萊莎。

埃緹卡的手撲了個空——她望向地板。萊莎被推倒，而「雨果壓在她的身上」。直到剛才都像一尊擺飾的他，現在竟然拚命抓著妹妹。原本面無表情的臉已經扭曲，雙眼瞪大，用不成聲的聲音吶喊。

一眼就能看出雨果是對萊莎的舉動有反應。

「哥哥……」

萊莎彷彿恢復理智，撫著哥哥的背。她自己也明顯顫抖著。

「對不起，不是那樣的。你冷靜一點……」

雨果的情緒漸漸平復，但還是沒有停止呻吟。他仍舊像是害怕著什麼，不願意放開妹妹——埃緹卡靠近哈羅德，將落在他腳邊的餐刀踢開。接著，埃緹卡撿起自己的槍，裝上彈匣。

不過——在舉槍之前，哈羅德輕輕伸手阻擋。

「應該已經沒有必要了。」

「可是……」

埃緹卡感到疑惑，在他的催促之下望向萊莎。

她安撫著雨果，反覆地輕聲細語。「沒事了。」「抱歉嚇到你。」「我不會再這樣了。」——她眼中的火焰瞬間消失，甚至不留一點餘燼。現在，他們的視野似乎已經容不下其他人了。

待在那裡的人，只是一對純真的兄妹。

埃緹卡靜靜地放下槍口。

一股難以言喻的哀傷漸漸滲透內心的每個角落。

沒過多久，中庭的窗戶被猛然敲打——佛金搜查官趕來了。

## 2

『羅賓電索官的拘票已經下來了，妳隨時都可以把她交給佛金搜查官。』

埃緹卡一撥打語音電話，十時便立刻這麼說道——她正在總部電索課的辦公室待命。為了應付信徒因哈羅德的貼文再次引發暴動的可能性，她應該正跟巡視里昂市內的當地警察保持聯絡。

『雖說有必要引誘對方上鉤，但我再也不想採用這種作戰了。』十時似乎很厭煩。『討論串和社群網站都亂成一團。我想早點做個了斷，〈E〉的出處在哪裡？』

「路克拉福特輔助官正在問話。」

埃緹卡回過頭——萊莎已經恢復冷靜，乖乖地坐在沙發上。她的臉色依然不太好，但似乎已經沒有反抗的意圖。喪失自我的哥哥竟然挺身阻止了她，想必對她造成很大的衝擊。

哈羅德坐在萊莎的對面，認真地傾聽她的供詞。

「大概是春天的時候吧。」說著，萊莎笨拙地吸了一口氣。「我在哥哥的電腦裡找到了〈E〉。那是分析用的ＡＩ，輸入特定人物的名字，它就會從網路上蒐集資訊，以精確到可怕的地步說中那個人的特質……」

她在說話的同時，仍然頻頻往哥哥的方向瞄過去——剛才的騷動好像讓雨果累壞了，他現在正閉著眼睛躺在床上，似乎已經睡著。陪在一旁的看護阿米客思用擔心的眼神注視著他。

哈羅德問道：「萊莎，妳請〈E〉分析了泰勒，對吧？」

「嗯。因為我對知覺犯罪的事就是無法釋懷……結果，〈E〉說泰勒進行了思想誘導。我不知道是基於什麼樣的演算法，才會得出這種結果……總之，它就像是連上了使用者資料庫一樣，什麼都知道。」

「〈E〉是妳哥哥寫的程式嗎？」

「咦？」她無力地抬起眉毛。「你為什麼這麼想？」

「妳以前不是曾告訴我，他原本並不想成為電索官嗎？他是不是喜歡阿米客思之類的ＡＩ？」哈羅德的語氣很溫和。「妳哥哥其實想從事程式設計師或工程師之類的工作吧。他應該也具備相應的知識才對。」

萊莎就像是想壓抑什麼，緊握著雙手。

「他確實有寫程式的興趣，可是，他應該寫不出像〈E〉這麼高性能的ＡＩ。」事實上，如果雨果具備特別突出的才能，職業適性診斷ＡＩ也不會推薦他成為電索官了。

「總之，我哥哥好像曾利用〈Ｅ〉在討論串上發表陰謀論……」

得知這件事的時候，萊莎肯定受到了相當大的打擊。發表陰謀論的行為本身很難說是犯罪，但若波及現實社會，情況就不同了。況且，〈Ｅ〉在電子犯罪搜查局可是一個「名人」。

然而她別說是導正哥哥的錯誤了，甚至繼承他的做法，持續扮演著〈Ｅ〉。

「所以萊莎，連妳也不知道〈Ｅ〉來自哪裡嗎？」

「嗯……對不起。」

「沒關係，他的機憶一定會告訴我們。」

『其實，我預先申請了雨果的電索票。』十時在電話中說道。雖然她不太可能有聽到兩人的對話，不過猜到了當下的狀況。『因為無論如何，既然羅賓電索官與〈Ｅ〉有關，他就會是重要關係人。』

「謝謝課長。」

『我想電索票差不多快下來了……不過如妳所知，雨果引發了自我混淆。這次的電索恐怕會很棘手，妳要小心。』

埃緹卡結束通話——這時哈羅德正扶著萊莎站起來。他打開入口的拉門，在走廊上等待的佛金搜查官便現身了。佛金靈巧地用左手替萊莎銬上手銬。

「別擔心，我們會先去醫院。」他這麼說道。「還有，我剛才接到聯絡，聽說命危的搜查官已經順利恢復意識了。」

萊莎微微睜大眼睛，然後馬上低下頭。雖然看不見她的表情，她的纖瘦肩膀明顯在顫抖──哽咽般的低語脫口而出。

「……………對不起。」

佛金抬起受傷的右手，安慰似的拍了一下萊莎的肩膀。

「幸好妳沒有殺死任何人。這對妳哥哥來說，也是不幸中的大幸吧。」

她似乎已經泣不成聲，用銬著手銬的雙手按住眼睛。

於是──萊莎被佛金推著背部，慢慢離去。

轉眼間，水滴般的寂靜落在房內。

埃緹卡深深吐出一口氣，在桌子前坐下，望著螢幕。

整潔的桌面中央──

浮現以字母「E」為頭像的AI。

如果〈E〉並沒有誇大事實，而是真的能看穿他人的「祕密」，其真面目恐怕跟哈羅德一樣，並不是人類。

YOUR FORMA

不過——沒想到真的一語中的。

「也就是說，這表示〈E〉是能力足以跟RF型匹敵的AI。」埃緹卡抓亂自己的頭髮。「看來除了萊克希博士，還有其他天才工程師。」

「有必要分析〈E〉的原始碼呢。」

回來的哈羅德靠近桌子。他站在埃緹卡身旁，探頭望著螢幕——埃緹卡抬頭瞄了一眼他的後頸。萊莎的刀雖然有接觸到他的皮膚，但好像沒有劃傷他。

「……你早就知道了嗎？」

阿米客思側眼看了過來。「知道什麼？」

「雨果會跳出來阻止羅賓電索官。」

「我不知道。」哈羅德乾脆地回答。「不過，萊莎顯然有所猶豫。因為既然事跡已經敗露，殺死我也沒有意義。」

埃緹卡忍不住皺眉。「她當時看起來並不像是能夠冷靜思考的狀態。而且，她還一度想把你炸死呢。」

「她之所以使用那種手法，除了想湮滅證據，更是因為她沒有勇氣親自下手。實際上就算雨果沒有出面阻止，她恐怕也很難刺殺我吧。」

確實是可以這麼思考沒錯——但埃緹卡不禁用手撐起臉頰。自己可不像他一樣，可以看穿一切。拜託饒了我吧。

「反正你大概是覺得『被刺傷再修理就好了』吧。」

他眨了眨眼睛。「好不容易快要破案了，妳的心情好像不太好呢。」

「我們明明約好在我抵達前都不能對她攤牌的。結果我一到就看見那個場面。」老實說，不管有幾顆心臟都不夠。「我以前就說過了，你應該多重視自己一點……」

「不用擔心，我不會丟下妳一個人。」

「我才沒有擔心那種事。」

「應該稍微有一點吧？」

「我看你還是應該被她刺個一兩刀才對。」

不管說什麼都是雞同鴨講。埃緹卡這次又從鼻子呼了一口氣。不知道哈羅德在想什麼，他那端正的臉龐露出難以捉摸的微笑。

不過——即使他如此掩飾，埃緹卡仍然能隱約明白。

他這次毫無疑問對萊莎抱有同情。就像知覺犯罪當時，他開導依賴纏的埃緹卡一樣——他看似將人當作棋子利用，有時卻又會顯露出「人性化」的良心。雖然兩者應該都是真正的哈羅德就是了。

「既然你沒受傷……那就好。」

「是的。」他側著頭。「如妳所見，我沒有受傷。」

「我不是那個意思。」真是的，他在奇怪的地方就是特別遲鈍。

過了不久，十時發出的電索票來了。

站在雨果的床邊時，埃緹卡感到有些緊張。看護阿米客思剛在他的手上注射鎮定劑，然後離開床邊——從窗戶照射進來的午後日光在雨果的清秀面容上留下深深的陰影，一根一根的睫毛投射在臉頰上。

「我很高興能再次跟妳一起潛入。」

面對面的哈羅德柔和地微笑。可是，埃緹卡無法好好地回以微笑。

知道自己再也無法潛入的時候，她很想重新回到這裡。

心裡應該是開心的。

然而——事情演變得太過複雜，實在很難坦然感到高興。

到頭來，人能選擇的手段總是有限，所以殘酷。

埃緹卡從看護阿米客思手中收下連接著雨果的〈探索線〉，插入連接埠。埃緹卡抱著懷念的心情，望著哈羅德滑開其中一邊的耳朵——然後用〈安全繩〉連接彼此。三角連線無聲地建立。

埃緹卡一瞬間想起前幾天體會到的灼熱痛楚，心中湧現些微恐懼。

現在應該已經沒問題了。

相信比加吧。

埃緹卡有意識地深呼吸，感覺到哈羅德的視線正俯視著自己的髮旋。緊貼世界的色彩一一剝落，多餘的事物漸漸被削去。

「路克拉福特輔助官。」

「隨時都可以。」

埃緹卡閉上眼睛。

黑暗溫暖得令人眷戀。

「——開始吧。」

沉重的身體不需要思考便脫落。

還來不及害怕自己會被拒於門外，全身就被吸入其中。猛然噴出的資訊漩渦就在眼前，清清楚楚——啊啊，是電子之海。

終於回來了。

真的回來了。

埃緹卡隨著不存在的重力墜落，飄浮感纏繞著四肢。她游泳似的前往深處——粗糙的雜訊掠過臉頰。噪音很多。埃緹卡撥開侵蝕自己的這些刺耳聲音。隨後，彷彿巨大氣泡的機憶吞噬了她，撲通一聲的耳鳴響起。

看不清楚。

是自我混淆的影響嗎？

這原本應該是機憶——現在卻截然不同。資訊被攪得亂七八糟，全都融化在一起。就像無數絲線互相纏繞，形成一個巨大的繭。連那究竟是景色、夢境還是人物都難以分辨。聲音正在撞擊著，不成句的語音響起。『——啊。』『——了？』『——是——把——』『——啦！』『——想。』聽不清楚。可是，這些話如利牙般緊咬自己。就像迷路的孩子，有種想哭的感覺。

雨果的大腦已經喪失語言能力。

只剩下黑洞般的不安。

他一直在吶喊，喊著無法拼湊成語句的某種聲音。

這些聲音幾乎要剝下埃緹卡的思緒，於是她咬緊牙關。原來如此，情況確實跟十時說的一樣棘手。就像夢境的機憶，所有資訊都很混亂且抽象。又或者，這本身就是他所見的夢境嗎？埃緹卡無法判斷。

必須離開這裡。

一口氣穿越吧。

埃緹卡縮起四肢以免被纏繞，垂直往下墜落。終於離開氣泡了。她從〈表層機憶〉沉入〈中層機憶〉——好不容易才抓住幾個沒有雜質的機憶，這些機憶全都映照著萊莎的臉。『沒事的，哥哥。』『你一定會好起來。』『等你痊癒，我們再跟克蕾三個人一起——』妹妹那溫柔的手輕撫著雨果的背。心裡某種令人作嘔的疙瘩開始緩緩萎縮。感覺輕飄飄的。類似幸福的白色情感如氣泡般浮起，飄過身邊。好想一直這個樣子，想被她守護著。

可是——

原本受到重重束縛的機憶，一口氣恢復鮮明的狀態。

回溯到引發自我混淆之前的時間了——雨果的視野映著某處的病房。知覺犯罪的感染者躺在眼前的床上，連接好的纜線不停搖晃著。身旁的電索輔助官正在說些什麼，但他聽不進去。連日的電索使他的意識嚴重模糊，轉不過來的頭腦深處浮現零星的念頭：『情況不妙。』『要是現在潛入，可能會回不來。』『我得平安回家才行。』『可是，萊莎就算沒有我在身邊，大概也能過得不錯吧。』『我根本不想當。』

——我根本不想當什麼電索官。

埃緹卡無法順利忽略這個銳利的念頭。

為什麼呢？自己對他人的感情好像變得比以前還要敏感許多。

埃緹卡繼續追逐機憶——雨果每天的例行公事非常簡單。在電子犯罪搜查局結束一天的工作後，他會回到與萊莎一起生活的公寓，日復一日地改良〈E〉。放在他房間裡的電腦就跟安養機構的那臺電腦一模一樣——原來如此，是萊莎在他入住的時候搬到這裡的。儘管雨果本身無法操作，她應該是想把電腦放在哥哥看得見的地方吧。

他每到偶數日，就會使用〈E〉在討論串上發表相關的陰謀論——雨果的自尊心短暫地得到滿足。『我果然比較適合這種工作。』『沒錯，是這個世界太奇怪了。』『YOUR FORMA都在說謊。』『如果只有阿米客思就好了。』——另一方面，對他來說，就連〈E〉的討論串也不是多麼舒適的地方。聚集而來的信徒對科技當然抱持否定的態度，不時有人批評他心愛的阿米客思。即使如此，雨果仍然為了撫慰自己，為了證明自己具有程式設計師的才華，更為了宣洩對YOUR FORMA的仇恨而繼續發表陰謀論

——『其實我不想再這麼做了。』『誰來阻止我吧。』『我當初不該安裝〈E〉的。』『萬一曝光就會被逮捕。』『也會給萊莎添麻煩。』

——安裝〈E〉？

這果然不是雨果製作的ＡＩ。他是從哪裡取得的？

埃緹卡朝深淵下墜，前往資訊的保存是以年為單位的〈下層機憶〉——按照到目前為止的機憶，真相幾乎都如同哈羅德的推測。雨果從小就立志成為程式設計師，他的家庭並不美滿，與妹妹萊莎一起在名叫克蕾的家政阿米客思的養育之下長大——他希望能在將來克蕾故障的時候修好她，並且設計出能拯救自己這種小孩的阿米客思。這就是他的「夢想」。

『雨果，聽說你有電索官的資質？』『這種才能比程式設計師厲害多了。』『薪水也很高。』『你要孝順父母啊。』——雙親的聲音就像溶出的墨水，漸漸將內心塗滿，就連滲出眼眶的淚水都彷彿被染黑。

YOUR FORMA的職業適性診斷以雨果的資訊處理能力偏高及人才稀少為由，建議他走上電索官之路。不合的父母也只有這種時候會以孩子為榮，於是雨果和萊莎成了「才華洋溢的兄妹」，受到眾人的祝福。然而，說不出口的煩躁幾乎要將他逼瘋。

『明明是自己的將來，為什麼不能自己決定？』

就算沒有資質或才能，這也是自己的人生。他希望至少能有一次挑戰的機會，希望能隨心所欲地追求夢想。如果YOUR FORMA沒有說過那種話，爸爸和媽媽也不會——區區的「縫線」到底又懂我的什麼了？

不是這裡。

不要被雨果的感情絆住了。

然後，埃緹卡漸漸看見——他邂逅〈E〉的機憶剛好是在一年半前。剛當上電索官不久的雨果在平常使用的雲端資訊網站上收到一則訊息，內容是開源AI的最新散布情報。『我還是第一次收到這種訊息。』雨果這麼想著，埋怨起YOUR FORMA。自己都放棄程式設計了，最佳化卻還是會繼續推薦這種諷刺的資訊。

即使如此，雨果仍然無法壓抑自己的好奇心，於是點開訊息中的連結，前往那個網頁。

當時刊登在列表中的AI只有一套。

【TOSTI】

簡介：

以深度學習、理解自然語言、情緒分析為主，廣泛蒐集目標的詮釋資料。建構符合需求的資料庫，進行更優異的語意搜尋。可供企業分析目標客群、顧客情感，或供醫療機構掌握患者的性格傾向等等。

散布目的：

鼓勵研究。使用狀況將自動回饋予開發者。

開發提供者：

亞倫・傑克・拉塞爾斯

——原來如此，這就是〈E〉的真面目。

雨果無論如何都無法完全放棄程式設計。他安裝了這個名叫TOSTI的AI，取名為〈E〉，靠自己的力量不斷調整。雨果的技術似乎還不成熟，但TOSTI在轉眼間嶄露頭角，以分析型AI的姿態飛快地成長。結果，一開始幾乎等於瞎猜的陰謀論竟然到了足以得出真相的程度。

能將精確度提高到這個水準，真的是多虧雨果的調整嗎——埃緹卡並沒有程式設計方面的知識。即使如此，她仍然能透過雨果本身的困惑得知，這並不是出於他自己的才能。『我可沒有調整到這個地步啊。』『〈E〉可以完全自己學習嗎？』『好厲害。』『這傢伙會「自己改寫自己」。』——具有這種功能的AI確實不少，不過……

TOSTI無疑具有超乎想像的高性能。

若非如此，它也無法發揮等同於哈羅德——甚至超越哈羅德的「觀察力」。

根據簡介，TOSTI原本似乎是為了使用在行銷等領域所開發的AI。然而，其性能顯然逾越了合理範疇。經過調整，它就能像YOUR FORMA一樣，鉅細靡遺地掌握使用者的一切——隱私權簡直蕩然無存。

開發者當初有考慮到這種情況嗎？

埃緹卡的心持續抵抗雨果的感情，此刻卻突然深陷其中。以〈E〉的身分影響大批信徒的他感受到極度扭曲的喜悅——

但又一下子中斷。

自己被抽離了。

埃緹卡撐開眼瞼——伴隨著幾乎要引起耳鳴的寂靜，床鋪的皺褶回到眼前。哈羅德從後頸拔除〈探索線〉的手掠過臉頰。

「——亞倫．傑克．拉塞爾斯。」

埃緹卡清楚地複誦自己在機憶中看見的名字。

「……這個人就是TOSTI的開發者。一定有必要追查他。」

「是的。」阿米客思慎重地收起下巴。「也就是說，只差最後一步了。」

埃緹卡點頭，無意間低頭望向雨果的臉——

然後屏息。

因為有一滴透明的淚珠正從他的眼瞼朝太陽穴滑落。

# 3

奧斯陸大學醫院的圓環到了傍晚，陽光仍然燦爛。

「迎接的人差不多快來了。」

謝多夫搜查官說道——比加重新仰望站在身旁的父親。丹尼爾抬頭挺胸，看起來一點也不像是昨天才剛恢復意識的樣子。他的雙手被銬在背後，其中一條手臂還被謝多夫抓住。

為了接受偵訊，父親會暫時被移送至當地的警局。

當然，比加無法同行。

——不。

她恐怕再也無法跟父親一起去任何地方了。

比加緊閉雙眼，回想昨天發生的事——甦醒的父親或許是改變心意了，又或者是經歷生死關頭而學到教訓，他主動坦白了自己的罪行。他說自己是因為認同〈E〉的思想，才會自稱「使者」，自發性地展開啟蒙行動。

YOUR FORMA

而且他也協助了隱瞞身分、以信徒之姿接近自己的萊莎。

按照她的要求，奪走埃緹卡的電索能力。

『你早就知道我跟冰枝小姐很熟了嗎？』

在午後的病房裡，比加這麼質問父親——從床上坐起身的丹尼爾始終低著頭。父親平時的堅決態度已經不見蹤影。

『我原本沒想到妳們很熟。調查冰枝電索官的時候，我還不知道妳們的關係……不過，我覺得妳只是被利用了。』他用有氣無力的語調說著。『如果那個電索官失去能力，被調到別的單位，妳或許就能解脫了……我覺得應該這麼做，才會幫忙。』

父親低下頭，閉口不語——比加努力保持冷靜。他們生物駭客所影響的人並不只有埃緹卡，就跟她一樣，恐怕有許多人曾遭受惡劣的對待。埃緹卡並不是特例，但只因為自己認識她，使得比加感到氣憤難平。

可是比加也知道父親有父親的堅持。

正因如此，他才會對〈E〉萌生盲目的信仰之心。

——『這也是為了妳好。』

從母親還在世的時候開始，父親就是最關愛家庭的人。

比加比誰都清楚。

可是——

小小的陰影橫越床上。好像有鳥從窗外飛了過去。

『你是什麼時候發現我是民間協助者的？』

壓抑語調的提問明明有傳進耳裡，父親卻沉默了好一段時間。

最後，他用沙啞的聲音低語：

『……父母的眼光可不像妳想的那麼遲鈍。』

為了讓心情穩定下來，比加小心翼翼地吐氣——睜開眼睛，大學醫院的圓環便回到眼前。一輛警車正好出現，反射陽光而閃耀。

啊啊，已經沒有時間了。

「比加，幫我向克拉拉問好。」

父親露出尷尬的表情，只說了這句話。

自己非說不可。可是，喉嚨就是沒辦法如願發出聲音。

比加是第一次覺得說話竟然如此困難。

「爸爸……」聲音聽起來好遙遠，甚至不像是自己發出的。「我…………」

警車緩緩停在眼前。駕駛座的車窗降了下來，露臉的警員與謝多夫搜查官正在簡短交談。

「我啊……」

突然間，與父親一同度過的這十九年化為一股熱度，從內心深處湧現——那是理論無法解釋的某種感情。比加突然好想拋下一切，擁抱父親；好想順從衝動，放聲哭喊，正如孩提時代。

驀然回首，自己就長大成人了。

彷彿流星墜落，只在轉瞬之間。

所以現在——必須自己做決定。

「我……不會再當生物駭客了。」

嘴脣就像是屬於其他陌生人的東西，靈巧地編織一字一句。

「我要一個人活下去。」

父親的眼神沒有任何動搖，只是靜靜地俯視比加——謝多夫原本想催促他上車，卻又察覺父女間的氣氛，於是靜靜等待。

不時路過的患者與阿米客思好像也刻意別開目光。

「——隨便妳吧。」父親嘆了一口氣，輕輕轉頭背對比加。「我一開始就覺得妳不適合當生物駭客。妳老是自作主張，缺乏覺悟和認知。」

與用字遣詞正好相反，他的語調很溫柔。

「可是，爸爸還不是一樣。」所以比加也忍不住回嘴。「明明冒著生命危險用了晶片，結果……還是沒有逃走。」

丹尼爾之所以利用晶片，無疑是為了逃走。即使沒能順利控制晶片的情況是在意料之外，他也有獨自待在病房的時間。當時的情況並非完全逃不掉，他卻……

父親並沒有回答比加的問題。

只說了一句話：

「妳……不要再回家了。」

他沒有再回望比加的雙眼——謝多夫終於走上前，推著他的背。丹尼爾乖乖坐進警車的後座，謝多夫也跟著上車，毫不猶豫地關上車門。比加隔著車窗與他四目相交。自己原本很討厭的搜查官默默地點頭回應。

警車開始往前行駛。

慢慢遠去的車身逐漸模糊，融入街景之中。

比加一個人重複著零碎的呼吸。

說了。

真的說出口了。

這樣就好——這樣就好了吧。

一半是真心話，另一半是……

比加掩飾般擦拭雙眼。一股熱流漸漸溜進心臟——她確認了舊式的手錶。若不反覆眨眼，便無法消除視野的模糊。她好不容易才知道現在是正午，那個溫柔的表姊妹差不多要來奧斯陸中央車站迎接自己了。

接下來要回到凱於圖凱努，整理行李，然後……

——沒事的。

任何傷痛，總有一天都會消失。

即便自己不願其消失。

失去母親的比加很清楚，流轉的季節會將一切弭平——所以只要隨波逐流就好。正如馴鹿，不論是漫長的冬天還是短暫的夏天，都能平淡地度過。

否則，自己一定會在這個複雜過頭的世界中迷失自我。

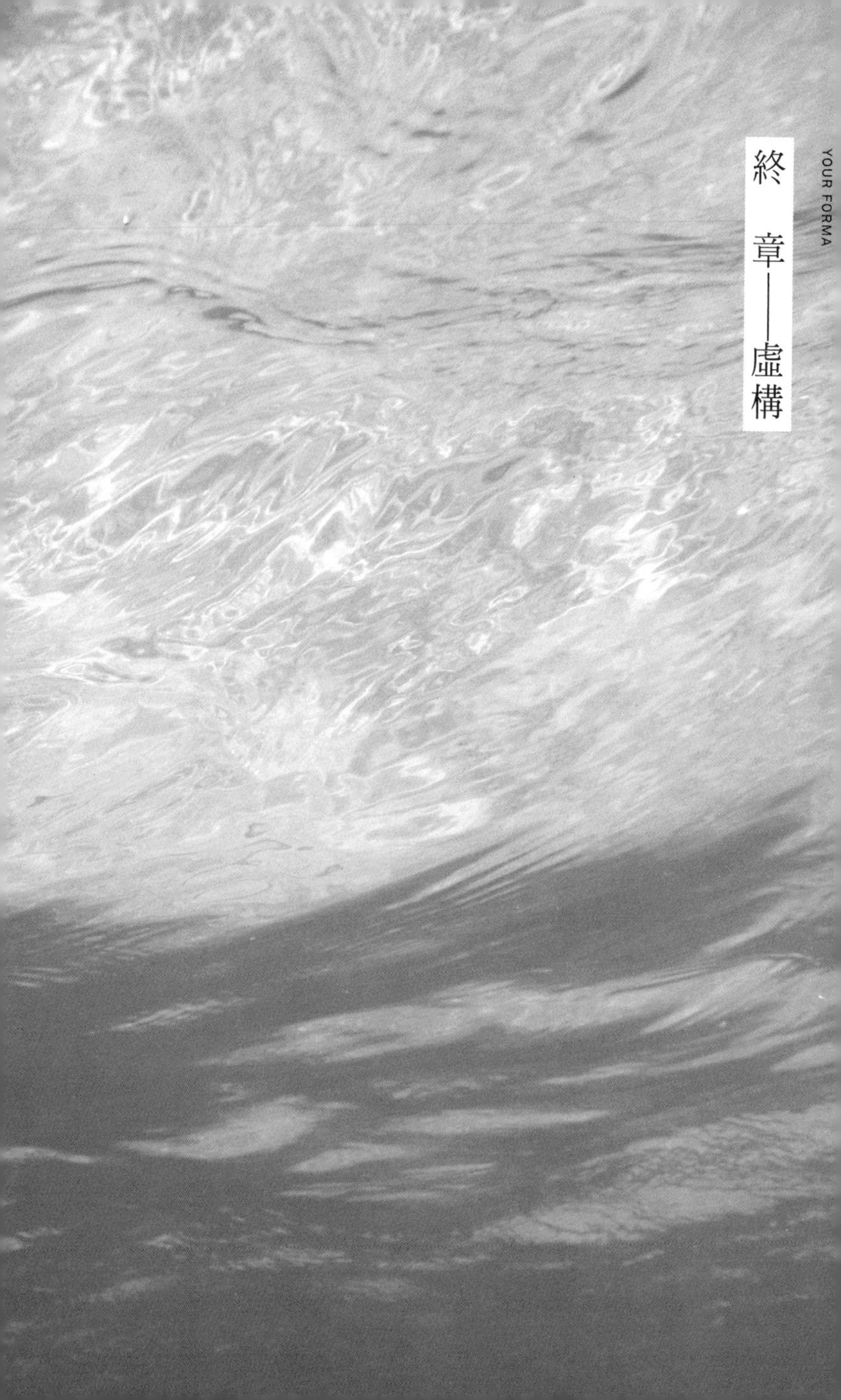

# 終章——虚構

# 1

〈現在氣溫：二十二度。服裝指數D，早晚準備外套會比較安心。〉

英格蘭——離倫敦愈遠，低垂的厚重雲層便逐漸散開，恢復藍色的天空。載著埃緹卡與哈羅德的休旅車在高速公路上不斷南下。這輛福特酷加是從倫敦分局借來的，搭乘起來頗為舒適。

「距離弗里斯頓還有一個小時的車程。」埃緹卡煩躁地碎唸，把能量果凍的包裝拿到嘴邊。「TOSTI的開發者為什麼要住在那麼偏僻的地方？」

「那裡確實算不上都市，卻是度假勝地，而且附近還有七姊妹巖呢。」

「七姊妹巖？」

「那是七座面向大海的白堊斷崖，也是很有名的觀光景點喔。」

手握方向盤的哈羅德看起來心情相當好。雖說是為了辦案，能夠再次踏上故鄉的土地，他似乎很高興——埃緹卡轉頭望向車窗外。高速公路的單調景色不斷往後飛逝。

亞倫．傑克．拉塞爾斯。

他出現在萊莎的哥哥——雨果的機憶中，開發了〈E〉——也就是名為TOSTI的AI。

埃緹卡與哈羅德為了見到他，今天早上便從里昂出發。

根據YOUR FORMA的使用者資料庫，拉塞爾斯是一名未婚男性，今年將滿三十四歲。他的工作是自由接案的程式設計師，但沒有什麼亮眼的成就，畢業的大學也默默無名，更沒有取得特殊的學位。

埃緹卡用YOUR FORMA開啟資料，重新注視著拉塞爾斯的大頭照——沒有什麼突出的特徵，看起來是一個相貌溫厚的善良青年。

埃緹卡想說的是——

「雖然他是程式設計師，感覺不太像是能寫出〈E〉的開發者。」

「有才華的人不一定會留下豐富的資歷。實際上，TOSTI的性能明明令人嘆為觀止，卻沒有特別登上學術期刊。」哈羅德瞄了她一眼。「再說，光從簡介看來，TOSTI本身只不過是隨處可見的平凡AI。」

「確實沒有特別受到矚目的因素。」

而且兩人在那之後才知道，TOSTI現在已經停止散布原始碼。這下它終於永遠失去重見天日的機會了。

「不過，如果除了雨果，還有其他人也安裝了TOSTI，那就另當別論了。」

「十時課長正在調查。即便真的有人安裝，或許也很難找出來就是了。」埃緹卡壓扁空的包裝。「這一點，拉塞爾斯本人應該知道，因為他會從使用者那裡收到回饋。」

「〈E〉的原始碼怎麼樣了呢？」

「聽說還在分析。到目前為止，好像還沒找到什麼特別離奇的地方……」

埃緹卡說著，關閉拉塞爾斯的資料——然後開啟〈E〉當初持續貼文的討論串。信徒們至今仍在爭論不休。

自從在那座安養機構揭穿〈E〉的真面目以來，已經過了整整兩天。

電子犯罪搜查局向媒體公開表示，〈E〉是一種分析型AI，而且在討論串發文的電索官兄妹已經遭到逮捕。社會上掀起的風波自然不言而喻，信徒們受到的打擊甚至更大。畢竟他們認同〈E〉的反科技思想，但〈E〉的真面目卻是他們最痛恨的AI，代為發聲的人竟然還是電索官，當然免不了一場混亂。

【我還是不敢相信。】【我們被騙了。】【那個準確率的確不是人類能達到的。】

【怎麼可能是AI，我看是搜查局想掩蓋電索官的醜聞才會說出這麼蹩腳的謊吧。】

【我支持搜查局想找藉口的說法。】【我覺得是AI。】【到頭來，全部都是為了妨礙

〈E〉才編出來的故事啦。】【我愈來愈討厭YOUR FORMA了。】【〈E〉，下次什麼時候要發文？】【快點回來吧。】

充斥在討論串與社群網站的憤怒和失望沒有一絲平息的跡象。

埃緹卡看著貼文，想起十時說過的話。

『雖然我們向媒體公布了事實，要不要相信還是取決於個人。』期待信徒立刻解散就太樂觀了——她這麼說道。『〈E〉已經是他們的「信仰對象」，應該也有信徒仍然堅信它不是AI，而是人類，繼續把它當作救世主。我們今後也必須保持一定警戒。』

換句話說，無論真相如何，只要是自己信得過的對象就好了嗎？

埃緹卡深深靠向椅背，轉而瀏覽新聞網站。標題中理所當然地包含了這次的事件。〈陰謀論者「E」的真面目，電索官兄妹特別報導〉——一點開報導，文中便洋洋灑灑地列出了萊莎和雨果的經歷，後半段還附上搜查局發表的萊莎的供詞內容。

〈萊莎．羅賓嫌疑人表示「無法原諒搜查局以冷漠的態度對待故障的哥哥，自己也早已對YOUR FORMA的適性診斷深感懷疑」。面對本報的採訪，電子犯罪搜查局里昂總部表示「其兄長雨果的案例被認定為職業災害，已在長期照顧制度之下接受最妥善的安排」。因此——〉

雨果遵從適性診斷的結果就任電索官一職，是基於他自己的判斷。即使本人並不期望如此，在法律上仍然會受到這樣的認定。

而萊莎對搜查局犯下的罪行就成了所謂的遷怒。只不過，她唯一的哥哥遭遇悲劇，所以還有同情的餘地。不幸中的大幸是，電子犯罪搜查局對她展現了寬恕的態度。

不管怎樣，關於她最大的動機——泰勒的思想誘導，恐怕不會在法庭上被觸及。

埃緹卡瞥了駕駛座上的哈羅德一眼。

「……你覺得萊莎和雨果的刑期會是多久。」

「我也很難說。不管怎麼樣，應該還要再過好一陣子才會開庭吧。」他的語氣很平靜，但神情看起來有些心痛。「萊莎因為調理匣的影響，目前正在住院，而雨果甚至連服刑都有困難。」

萊莎的身體狀況在偵訊的過程中惡化，正在里昂市內的醫院住院。埃緹卡也不知道她的詳細狀況，不過目前似乎沒有生命危險。然而根據比加的說法，她今後應該會為嚴重的後遺症所苦。

「希望她總有一天能有機會去探望雨果……」

這句自言自語幾乎等於嘆息，哈羅德卻好像聽見了。

「妳不生氣嗎？」他一臉意外。「雖然我這麼說好像有點怪，妳可是一度被萊莎奪走了電索能力呢。」

「而且還差點被她殺掉。我當然不打算寬恕她的罪過，可是……」埃緹卡沒來由地用手撐著臉頰。「我們……搜查局做的事確實不正當。」

隱匿泰勒的思想誘導，是為了防止YOUR FORMA已經普及的社會陷入混亂。

電索的危險性與安養機構的存在幾乎不受關注，且沒有人對職業適性診斷提出質疑，都是因為利大於弊——事實上，即使有像信徒這樣的人發出不滿的聲浪，這個世界終究還是照常運轉。看似照常運轉。

除非自己碰壁，否則這一切永遠都是正常的。

不知道哈羅德有什麼想法，他只是對埃緹卡露出有點落寞的眼神。

「——對了。」他轉換話題的聲音柔和得令人感激。「妳說剛才比加有聯絡妳吧，她說了什麼？」

埃緹卡想起來了——沒錯。抵達機場的時候，比加傳了訊息過來。

「我忘記回覆了。聽說她今天早上又來了聖彼得堡一趟。」

哈羅德疑惑地歪過頭。「是分局為了丹尼爾的事叫她過去的嗎？」

「那件事已經交給佛金搜查官他們處理了，所以我不知道，但應該不是。」埃緹卡重新看了一次訊息的內容。「她說有很重要的事要跟我們談談。」

「我們要到明天才會返回聖彼得堡呢。希望她不介意等。」

「我會這麼跟她說的。」

埃緹卡編寫回覆的內容，同時隱約明白。

比加一定已經向父親傳達自己的想法了。而且，她或許也選擇了新的道路。

但願自己能夠成為她的助力。

英格蘭東南部——弗里斯頓是一個鄰近七姊妹巖的小村莊。

該地區受到國民信託的管理，雖然開發受限，終究還是YOUR FORMA使用者的居住地區。街上的房屋以淺色的灰泥與燧石砌成的外牆為特徵。由於是度假勝地，其中似乎包含了專門出租給觀光客的小屋或別墅等等。

拉塞爾斯的住家位於面向丘陵的住宅區深處——獨自矗立在草木叢生的死巷裡面。這棟房子也不例外，有著浮現黑白斑紋的燧石外牆。玄關前附設小小的花圃，薰衣草的花朵正隨風搖著頭。

「花圃有定期照顧，信箱裡也沒有累積信件。對方應該在家。」

「輔助官，不要光明正大地偷看別人的信箱。」

「失禮了。」

真是的。看到哈羅德遠離郵筒之後，埃緹卡按下門鈴——兩人並沒有等太久。家門敞開，一名女性機型的家政阿米客思現身了。她是隨處可見的量產型。

「我們是電子犯罪搜查局。」埃緹卡出示搜查局的ＩＤ卡。「請問我們能見拉塞爾斯先生嗎？」

「非常抱歉。」阿米客思用制式的笑容答道。「先生因病，目前正在靜養，所以謝絕會面。」

埃緹卡與哈羅德互相使了眼色。拉塞爾斯的個人資料中並沒有特別記載什麼病歷。

「他有感冒或是其他病症嗎？」

「先生謝絕會面。」阿米客思機械化地重複說道。「您請回吧。」

完全無法溝通。拉塞爾斯有什麼避不見面的理由嗎？或許就是因為如此，他才會命令阿米客思趕走訪客。其實有不少做了虧心事的嫌疑人都會做這種無謂的掙扎。

「我們有準備搜索票。」埃緹卡刻意展現強硬的態度。「妳明白嗎？告訴拉塞爾斯先生，我們想跟他談談〈Ｅ〉的案件。如果他不希望我們硬闖進屋內，就請他現在馬上出面。」

家政阿米客思依然露出整潔的牙齒。「先生無法與您談話。」

——看來只能闖進去了。

「路克拉福特輔助官。」

「好的。」哈羅德用穿戴式裝置開啟全像瀏覽器，展示搜索票。「不好意思，打擾了。」

家政阿米客思帶著笑容，僵住不動。大概是因為出乎意料的情況，她一時無法處理吧——埃緹卡不予理會，輕輕推開眼前的阿米客思。哈羅德也一起踏入屋內。

以獨棟洋房而言，這棟房子很小巧，房間數量似乎也不多。玄關旁的客廳有沙發與玻璃桌，還有暖爐等家具。包含油燈造型的桌燈在內，每一樣東西都擦得乾乾淨淨。

「他好像不喜歡繪畫、照片或植物呢。」哈羅德說道。屋內確實沒有能明確看出個人興趣或回憶的擺設。「日用品搭配得很諧調，就像樣品屋一樣。」

他興味盎然地觀察室內，同時走向窗邊。從鋁窗望出去，可以清楚看見屋前的小徑與圍繞四周的樹林。

「我們的目的是拉塞爾斯。」埃緹卡仍然站在門口，回頭面向玄關。「寢室在哪裡？『生病』的人應該躺在床上吧。」

家政阿米客思正好關上了玄關門。她沒有回答埃緹卡的問題，靜靜地駐足在原地——這下只能自己去找了。從格局看來，應該在二樓吧。

埃緹卡率先朝樓梯走去。

但又忍不住在廚房前停下腳步。

沒有窗戶的廚房很陰暗，「裡面空無一物」。別說是餐桌，連廚具或餐具都沒有。吊掛式的櫥櫃裡面完全是空的。就算遠觀也看得出來，水槽已經徹底乾透，其中甚至飄來微微的塵埃氣味。

這是怎麼回事？

與客廳截然不同，沒有一絲生活的氣息。

「原來如此。」埃緹卡回過神才發現哈羅德已經來到自己背後。他也親眼見到廚房的模樣，於是瞇起眼睛。「這下就變得相當可疑了呢。」

一點也沒錯。

「……也確認一下其他房間吧。我去二樓看看。」

埃緹卡與哈羅德分頭行動，獨自登上樓梯——正面是一間浴室。洗手臺連一支牙刷都沒有，而且帶著不衛生的黑色髒汙。浴缸也有裂痕，連換都沒換。

這裡到底是怎麼了？

接著，埃緹卡走向南側的房間。以空間大小看來，這裡應該就是寢室，但裡面同樣空無一物，唯一的東西只有窗簾與燈具。走到窗邊就能眺望後院，地面上鋪滿了發電用的太陽能板。

YOUR FORMA

只能用詭異來形容。

「看來這棟房子是一棟鬼屋呢。」

埃緹卡嚇得不禁稍微跳起——哈羅德正站在寢室入口。他就像要掃描整個房間似的，環顧室內的每個角落。

「不要靜悄悄地走上來啦。」

「失禮了，我沒想到妳會這麼害怕。」

「我才沒有害怕，只是嚇了一跳。」

「一樓沒有任何收穫。」他走到埃緹卡身邊。「好像只有附窗戶的房間會裝上窗簾與燈具呢。」

「但還是一間『鬼屋』，拉塞爾斯搬走了嗎？」埃緹卡開始頭痛了。「該不會是看到〈E〉的報導，猜到有人會找上門就逃走了吧？」

「TOSTI的精確度超乎常理，確實有可能違反國際AI運用法。可是從這棟房子的狀態看來，我不認為他是最近才逃走的。」他說得很有道理。「那個阿米客思並沒有打掃客廳以外的房間。即使如此，她每天早晚還是會開關各個房間的窗簾。」

「……你為什麼這麼想？」

「妳看，這裡有路標。」

埃緹卡順著他指出的方向，低頭看著地板——這才發現從出入口到窗邊的灰塵都被推向兩旁，形成一條「通道」。在打掃得一塵不染的客廳並無法看見這樣的痕跡。

「我在想，『對方的目的會不會是假裝有人住在這裡』？」

哈羅德的推理是這樣的——即使拉塞爾斯住在別的地方，現在仍持有這棟房子，也沒必要特地將阿米客思放在無人的家中。無法攻擊人類的阿米客思並不足以發揮保全的效果，而且如果是單純搬家，也會把阿米客思帶走。此外，屋內的家當只擺放在面向玄關且可以從路上窺見的客廳。在有窗戶的房間準備窗簾與燈具，也是為了在晚上開燈，表現出有人生活在屋內的假象。只要利用庭院裡的太陽能板，電力就能自給自足。

「花圃與信箱也是一樣的道理。」哈羅德說得一針見血。「也就是說，那個家政阿米客思的作用應該是將訪客拒於門外，並且假裝拉塞爾斯真的存在。」

如果事情正如他的猜想，也難怪阿米客思的應答會那麼不自然了。拉塞爾斯並沒有住在這裡。她接到的命令應該是一遇到訪客，就要以生病為由來勸退對方。

情況一口氣演變成相當可疑。

「調查阿米客思的記憶吧。」埃緹卡勉強說道。「或許能找到什麼線索。」

「另外也聯絡十時課長吧。我想還是先取得拉塞爾斯的行動紀錄比較好。」

哈羅德離開窗邊，於是埃緹卡也跟了上去——隨後，他又馬上停下腳步。因為太過突然，埃緹卡輕輕撞上他的背。

「欸。」埃緹卡腳步踉蹌地往後退。「幹嘛突然停下來……」

「這裡好像有重新上漆過。」

哈羅德的手謹慎地撫摸牆壁——寢室的牆壁全都統一漆成白色。經他這麼一說，雖然同樣是白色，但他所觸碰的那一面顏色確實稍亮了一點。這個差異非常細微，人類很容易不小心看漏。

「因為是舊房子，重新上漆也很正常，但只有部分上漆就有點令人在意了。」

「會不會是為了蓋過汙漬？像是小孩子的塗鴉之類……漆起來大概就像這樣吧。」

「這棟房子很有可能是拉塞爾斯購買的二手屋呢。」

兩人這次終於離開寢室，下到一樓。

家政阿米客思依然呆站在門口。

## 2

『拉塞爾斯確實住在弗里斯頓，昨晚還有去伊斯特本的超市買東西。只不過……店內的監視攝影機並沒有拍到他，GPS的紀錄當然也無法取得。』

在哈羅德用裝置開啟的全像瀏覽器中，十時課長眉頭深鎖——她身在總部電索課的辦公室，甘納許一臉幸福地窩在她的腿上。

自從收到愛貓的新機體，十時便決定每天都帶甘納許上班，以免再次被裝上爆炸裝置。看來她的心理陰影相當大。

埃緹卡問道：「拉塞爾斯是什麼時候買下那棟房子的？」

『兩年前，也就是散布TOSTI的半年前。』

據不動產業者與事務律師所說，所有人都是透過線上交易的方式與拉塞爾斯進行買賣。就連交屋的時候，雙方都沒有直接見面——話雖如此，這樣的交易型態本身並不是什麼稀奇的例子。再加上他提出的文件並沒有遺漏之處，所以沒有任何人抱持疑問。

『家政阿米客思的記憶怎麼樣了？』

「根本沒有任何紀錄。」哈羅德答道。正如他所言，結果一無所獲。「我打算暫時將阿米客思送往諾華耶公司，但她的系統似乎已經被改造過，所以不會留下記憶。既然拉塞爾斯是程式設計師，這應該不是什麼難事。」

『但這已經明顯違法了。冰枝，附近居民怎麼說？』

「沒有查到線索。很多居民連那棟房子已經賣出的事都不知道……」

YOUR FORMA

埃緹卡想起自己四處打聽時，居民們的態度相當冷漠。弗里斯頓是個與喧囂無緣的村莊，搜查官大張旗鼓地跑來問話，居民當然不會擺出好臉色——結果，兩人只取得了極少的情報。

「以前住在那裡的人好像是一對老夫妻。聽說是因為夫妻倆都過世了，房子才會被賣出。」

『我會調查那對夫妻跟拉塞爾斯是否有關，以防萬一。不過你們最好別抱太大的期待就是了。』十時大嘆一口氣。『不論如何，這樣就搞懂一件事了——「拉塞爾斯並不存在」。』

雖然很嚇人，但也只能這麼想了。

只要上網追蹤，就能透過電子支付等使用紀錄查出拉塞爾斯留下的足跡。可是他並不存在於現實世界，這些痕跡全部都是假造的。就連登記在使用者資料庫裡的個人資料也是——簡直就跟亡靈一樣。

「這表示他駭進資料庫的系統，動了手腳嗎？」

『那是其中一種可能。我是不覺得有人能夠突破那麼嚴密的防護，但也沒有其他方法了。』

不管怎樣，創造出「拉塞爾斯」的目的應該是為了獲得身分證明，以便透過開源A

I的形式散布TOSTI吧——為此購屋雖然顯得有些大費周章，但目前這麼思考是最合理的。犯人打從一開始就很清楚TOSTI的性能會違反國際AI運用法，才會為了自保而隱瞞身分，將罪名嫁禍給拉塞爾斯這個虛構的人物。

然而——埃緹卡總覺得事有蹊蹺。

不惜做到這個地步也要散布TOSTI，犯人的目的到底是什麼？

最簡單的解釋是「犯人想利用TOSTI的回饋功能，獲得不特定多數人的個人資料」，但這並不合邏輯。如果對方是足以駭進使用者資料庫的高手，根本不需要透過TOSTI來竊取資料。

事到如今，竟然又一口氣碰上了更多謎團。

『總之，你們已經盡力了。』十時摸著甘納許，還是忍不住嘆息。『搜查局會繼續追查拉塞爾斯。我這邊一有發現就會聯絡你們，但可能要花上一段時間才會有進展。』

「我知道了。我們預計明天返回聖彼得堡。」

『就這麼辦吧。你們今天可以好好休息了。』

全像瀏覽器關閉——細小的浪花立刻躍進視野。鞋頭被海水溫柔地沖刷著。

「〈E〉的案件確實是解決了……但總覺得不太舒暢。」

「不管怎麼樣，我們都已經做好了該做的事。接下來就等待好消息吧。」

正如他所言，現在只能等待冒用拉塞爾斯之名的人落網了——為了揮別複雜的心情，埃緹卡抬起頭。

廣闊的英吉利海峽橫亙在眼前，水平線帶著一點微微的弧度。太陽正在漸漸西沉，白天閃著純潔光輝的海面即將進入靛藍色的夢鄉——稍微移動視線，就能看到靜靜矗立的七姊妹巖。白堊岩形成的海蝕崖以裸露的肌膚吸收夕陽，染上了淡淡的紅色。

在海岸邊散步的觀光客並不多，只能看見遠方有幾個零星的人影。

埃緹卡不禁揉了揉脖子。話說回來——調查完拉塞爾斯的住家之後，說想來這裡的人是哈羅德。他們先前確實有在路上提到類似的話題。

「輔助官，我們是來工作，不是來觀光的。」

「話雖如此，工作剛才就告一段落了。回到分局之前都是『自由時間』。」

他毫不心虛地走在水邊，雙腳甚至赤裸裸的。阿米客思童心未泯地——姑且不論這個形容是否適用於機械——將長褲的褲管捲起，靈活地踩著一波一波的海浪。平常穿的皮鞋被他單手拎起，正無所事事地晃著。

埃緹卡很傻眼。「我都不知道你還有在海邊玩水的童心。」

「妳忘了嗎？我今年才『九歲』喔。」

「以製造年分而言確實是這樣。」世界上哪有這種九歲兒童啊。

「妳要不要也一起來？」

哈羅德伸出手，於是埃緹卡做出將雙手插進口袋的動作。

「我上次也說過了，『我為什麼要跟你兩個人在海邊散步』？」

「我覺得接觸大自然的話，或許可以稍微消除疲勞。」他沒有感到不悅的樣子，只是微笑。「當然，效果可能比不上那種調理匣。」

埃緹卡不禁停下腳步。

哈羅德現在已經知道自己曾經透過比加取得醫療用ＨＳＢ調理匣。事情演變成那樣，自己也不得不告訴他——不過，埃緹卡仍然隱瞞著造成這件事的「祕密」。哈羅德應該還沒有察覺。

「我可以請問妳當初究竟是為何而煩惱嗎？」

哈羅德也停下腳步，放眼望著布滿小石頭的沙灘。

「沒什麼大不了的。」埃緹卡虛張聲勢。希望即使沒有調理匣，聽起來也不會讓他起疑。「姊姊已經不在，有時候還是會讓我感到不安。我只是因此覺得有點負擔。」

「現在也會嗎？」

「我覺得有稍微好一點。怎麼說呢？這次發生很多事……我好像想通了。」

埃緹卡邊說邊邁出步伐，若無其事地追過哈羅德。

自己已經沒有後盾。

被拆穿或許只是時間的問題。

又或者，自己應該鼓起勇氣坦白嗎？

——『妳該不會是擔心說出來會破壞你們之間的信賴關係吧？』

萊克希博士那天的眼神在腦海中復甦——別說是信賴關係了，哈羅德甚至有可能離去。膽小的自己仍然這麼想。

最重要的是，自己還是不想讓他感到自責。

哈羅德將自己當作「朋友」看待。

所以，埃緹卡不忍心說出會讓他痛苦的事。

「……對了。」埃緹卡無意間想起一件事，回過頭來。「那個時候，你有察覺我失去電索能力的原因吧。就是那次，我們在醫院的露臺說話的時候。」

「是的。」哈羅德一臉不解地走了過來。「我確實有察覺到，但為什麼要突然問起這件事呢？」

「沒有啦……你明明知道我能恢復電索官的身分，有必要特地說我是你的『朋友』嗎？」

「當然有必要。」說到這裡，他把手伸進海浪中，似乎撿起了什麼。「真要說的話，這件事甚至比推理更重要。畢竟對我來說，妳是第一個朋友。」

埃緹卡不禁挑動眉毛。「你不是還有索頌刑警跟達莉雅小姐嗎？」

「他們兩位是我的家人，不太一樣。」

說著，他伸出精緻的手——埃緹卡接過他手中的東西，原來是一塊小小的貝殼碎片。形狀不規則，白色的光滑內側裝著一點點海水，裡面封印著夕陽餘暉。

——『妳是個很特別的人，埃緹卡。』

埃緹卡想起那個時候，眼前的阿米客思說出的這句話。

某種情感彷彿焦痕，附著在喉嚨深處。

橫亙在彼此之間的鴻溝，剛才是否稍微縮小了呢？

不知為何，相較於以前——希望縮小鴻溝的心情變得更強烈了。

「能察覺到妳是我的朋友，是這次的事件中唯一的好運。」哈羅德在這個時候望進埃緹卡的眼睛。「對了……關於纏的事情，妳真的已經想通了嗎？」

「想通了。」埃緹卡反射性地往後一仰。「總之，你別再擔心我了。」

「如果我能跟以前一樣，看穿妳究竟有沒有在逞強就好了。」

「那對我來說可不好。」

「別這麼說嘛。」他噗哧一笑，但那張笑容馬上又變得有點曖昧不明。「老實說……我現在有點害怕觀察妳。」

在分局的電梯裡，他好像也說過類似的話。他說自己對埃緹卡的推測經常失準。埃緹卡實在沒想到，他竟然為此煩惱到害怕的程度。

「你不是能正常觀察羅賓電索官嗎？」

「她就另當別論了，畢竟我跟她並不像跟妳這麼親近。」

「以同事的身分一起工作的期間，確實是我比較長沒錯。」

「我不是那個意思。我的意思是，我不想再像法曼那時候一樣傷害妳了。」

哈羅德只說了這番話，便一個人向前走去。

延伸在沙灘上的影子變淡，幾乎不留輪廓。

埃緹卡的雙腳再次被釘在原地。

他沒有停下腳步。埃緹卡呆呆地望著慢慢遠去的背影——她知道哈羅德的內在有某種東西正在漸漸改變，現在還無法判斷那究竟是不是好的變化就是了。

他對殺害索頌的犯人懷抱的復仇之意，能不能就這樣昇華成別的形式呢？

無意間，這種自以為是的想法閃過腦海。

自己好像又開始懷抱醜陋的感情了。

他不該因為殺害人類而遭受處分——埃緹卡這麼想。

可是對哈羅德來說，這並不是能輕易放下的單純問題。

為什麼自己一提到關於他的事，就會變得如此齷齪呢？

啊啊，真是的——好想把一切都沖刷殆盡。

埃緹卡彎下腰，把鞋子脫掉。赤腳踩在沙灘上，冰涼的觸感便滲進腳趾之間，輕撫腳背的海水比想像中還要冷。

埃緹卡對陣陣打來的海浪有些遲疑，試著一步一步向前走。

「怎麼樣，很舒服吧？」

埃緹卡發現時，哈羅德已經回過頭來。那張端正的臉龐浮現無憂無慮的微笑——湖水般的眼瞳中帶著微微的光芒，遠比玻璃工藝品更加純粹。

別說是沖刷殆盡了，胸口反而感受到更強烈的苦悶。

究竟是為什麼呢？

「……感覺有點冷。我現在才發現氣溫降到十九度了。」

「溫度已經很夠了。」

「對你來說反而不夠冷吧？」

「是啊，我已經開始懷念冬天了。」

「一想到又要跟你吵暖氣的事，我現在就覺得好煩。」

與哈羅德鬥嘴的期間，埃緹卡不知不覺握緊貝殼。

現在，自己還不想面對陷進掌心的痛楚。

# 後記

很榮幸地，第三集順利出版了。第二集的後記開頭也說過同樣的話，這全都仰賴各位讀者的支持。真的非常感謝大家。

因為第一集與第二集描寫的都是「因科技而受惠的人」，這次我決定描寫沒這麼幸運的另外一群人。確定要撰寫續集的時候，我就一直想挖掘YOUR FORMA這種裝置的黑暗面，所以這次的內容會比較沉重，希望可以稍微觸及各位的心弦。另外，雖然這次的故事靈感是來自真實事件，但我要重新聲明本著作是與現實完全無關的虛構作品。

接下來要表達謝意。由田責編，對於您平時的大力支持，我心中懷抱深深的感謝。多虧有您在設定的階段積極地針對萊莎發表意見，我才能確立她的人物形象。插畫家野崎つばた老師，謝謝您每次都畫出令拙作相形失色的精美插畫。比加能夠成長為固定班底，正是因為您將她設計得如此可愛。漫畫家如月芳規老師，恭喜您出版第一集漫畫。您總是對埃緹卡與哈羅德關愛有加，我有說不完的感謝。

如果各位願意繼續見證埃緹卡等人的故事，將是我的榮幸。

二〇二一年九月　菊石まれほ

◎主要參考文獻


大島美穗、岡本健志編著《ノルウェーを知るための60章》（明石書店　二〇一四年）

高島康司著《Qアノン　陰謀の存在証明》（成甲書房　二〇二〇年）

Roth, Mark演說　Sawa Horibe譯「高まる仮死状態の現実性」TED Conferences, 二〇一〇年二月（https://www.ted.com/talks/mark_roth_suspended_animation_is_within_our_grasp?language=ja　閲覧日：二〇二一年八月十五日）

國家圖書館出版品預行編目資料

記憶縫線YOUR FORMA. 3, 電索官埃緹卡與群眾的夢/菊石まれほ作；王怡山譯. -- 初版. -- 臺北市：臺灣角川股份有限公司, 2022.11
　面；　公分

譯自：ユア・フォルマ 3, 電索官エチカと群衆の見た夢
ISBN 978-626-321-967-0(平裝)

861.57　　111014970

Kadokawa
Fantastic
Novels

# 記憶縫線YOUR FORMA 3
## 電索官埃緹卡與群眾的夢

（原著名：ユア・フォルマ3 電索官エチカと群衆の見た夢）

2022年11月9日 初版第1刷發行

作者：菊石まれほ
插畫：野崎つばた
譯者：王怡山

發行人：岩崎剛人
總編輯：蔡佩芬
編輯：孫千棻
美術設計：吳佳昫
印務：李明修（主任）、張加恩（主任）、張凱棋

發行所：台灣角川股份有限公司
地址：104台北市中山區松江路223號3樓
電話：（02）2515-3000
傳真：（02）2515-0033
網址：www.kadokawa.com.tw
劃撥帳戶：台灣角川股份有限公司
劃撥帳號：19487412
法律顧問：有澤法律事務所
製版：巨茂科技印刷有限公司
ISBN：978-626-321-967-0

※版權所有，未經許可，不許轉載。
※本書如有破損、裝訂錯誤，請持購買憑證回原購買處或連同憑證寄回出版社更換。

---

YOUR FORMA Vol.3 DENSAKUKAN ECHIKA TO GUNSHU NO MITA YUME
©Mareho Kikuishi 2021
Edited by 電撃文庫
First published in Japan in 2021 by KADOKAWA CORPORATION, Tokyo.
Complex Chinese translation rights arranged with KADOKAWA CORPORATION, Tokyo.